作文内容是征
世界。

◆◆◆序章　作文內容是征服世界。

小時候的作文課，最常見的作文題目大概就是「我的家人」與「我的志願」這兩項了，這點相信大家都有那樣的記憶。

但是，等到了高中還出現「我的志願」這樣的題目，就讓人不得不懷疑國文老師是在偷懶。

雖然說每次作文課都要重新想題目很麻煩，不過這也太敷衍了，使人完全沒有認真寫作的欲望。

在這樣的背景下，出現一篇以「我的夢想是征服世界」為開頭的作文，似乎也不是不能理解的事情。

然而，問題出現在第二天的放學前，大家將作文簿交上去後，讓班長收集準備要送去給老師的時候……

那成堆的作文簿沒有擺好，轟然倒塌，周圍幾人連同班長趕忙開始收拾起來，但是很快的，班長的手停了下來，只見她手中拿著一本打開的作文簿，雙眼一眨不眨的盯著其中的內容。

緊接著，大顆大顆的淚珠子滾滾而落！

而班長手中那本作文簿，正是那篇寫著「我的夢想是征服世界」的作文！

第一章 完美的班長是外星人!?

「今天這是什麼回事呢？」

走在回家的路上，名叫葛東的高中男生如此喃喃自語。

葛東就是那個寫下「我的夢想是征服世界」作文的傢伙，由於當時的情景，他的作文被當成弄哭班長的罪魁禍首，雖然班長一邊擦著眼淚一邊說不是他的緣故，可是在那樣的環境下，他還是隨著氣氛向班長道了歉。

雖然道歉也不是什麼大不了的事，但他心裡就是耿耿於懷，現在寫些玩笑性質的作文也不少見了，班長看起來也不像是開不起玩笑的樣子啊？

想起班長，那個宛如大小姐一般的身影彷彿又浮現眼前，她有著「艾莉恩」這個像是外國人一樣的名字，以及柔順的黑色長髮，比起藝人也不遑多讓的精緻五官，功課好、運動神經發達，對人友善有禮，每天總是打理得不顯一絲皺紋的制服……簡直完美得不像人類似的！

如果一直都是投票制，她肯定會連任三年的班長！

正因為她的人氣這麼高，所以像那樣啪搭啪搭掉眼淚的時候，才會引起騷動，好在當時已經是最後一節課，鐘聲一響就放學了。所以聽到鐘聲，葛東就落荒而逃的離開了教室。

葛東一邊胡思亂想著，一邊轉過那個熟悉的巷子口。

然後他的腳步就停住了。

葛東家是一棟六層樓的老公寓，巷子兩側都是屋齡差不多的房子。

作為這裡的居民，葛東早就看習慣了這裡的景色和居民，即使沒交談過，也能認出是否是住在這裡的人。

可是今天這裡來了個陌生人……不，不應該說是陌生人，而是不住在這裡的人，對方穿著跟自己同樣款式的制服，一頭漆黑的長髮，與同齡人相比顯得更加成熟的身段，規矩的齊膝百褶裙下是一雙裹著黑長襪的小腿……

是班長，雖然還沒有看到臉，但葛東已經確認了她就是班長！

想起放學前發生的事，葛東有幾分揣揣不安，不過倒也不至於害怕，只是對突然出現在這裡的班長感到幾分意外而已。

「班長，為什麼會在這裡？」葛東推了推眼鏡，上前打起招呼。儘管班長渾身上下充滿了完美要素，讓人不敢褻瀆，但他們已經同班了一年，也就不再像初見面時連招呼都不好意思打的程度了。

「啊……」班長似乎想事情出了神，被他一聲招呼才驚醒過來。回過神來的班長理了理髮梢，用那如墨一般的眸子望著葛東，表情略顯侷促的說道：「能不能……打擾你一點時間呢？」

「呃，是可以啦……」葛東搔了搔臉，雖然這種時候好像邀請對方進家門才是正常的選擇，但是……

一想到被家人看到他帶了班長這樣的美少女回家會遭到怎樣的詢問，葛東就不由得放下這個選項。

「我們去那邊坐坐吧，我知道有家不錯的店。」

畢竟是自己家附近，葛東立刻想到了一個去處，他所說的那家店是間有露天座位的咖啡廳，葛東自己沒有去過，但是根據妹妹的情報，那邊的咖啡味道不錯，而且布丁也很好吃。

「好的。」班長露出了柔和的笑容，使得葛東的心跳默默加快了一拍。

即使已經同班了一年，他還是敵不過這個笑容。

葛東就這麼提著書包，帶領班長來到那家咖啡店。

但是，一來到這邊，葛東就開始後悔了，這家咖啡廳環境真的不錯，用矮樹叢分隔了道路與店鋪，在一片草地上用石板鋪出了道路，短短的石板路後頭，是用木質地板墊高出來的露天座位，在露天座位的後邊與一側，是用大片落地窗分隔開來的室內座位。

但是，正因為這裡的環境好，加上鄰近學校有學生優惠，又是放學時間，所以這裡還坐著一些跟他們同學校的人，雖然一時之間沒發現有認識的，但是跟班長一起來咖啡廳這件事本身，就讓葛東感到很不自在。

這種感覺很奇怪，如果是在學校，那他跟班長單獨出現在任何一處都不會這樣，可是一旦在學校外頭，葛東就變得在意起周圍來，好像誰都在盯著他們看似的。

由於人多，露天座位已經滿了，最後他們坐到了室內座位，而且還是遠離落地窗的位置，這讓葛東感到幾分安心。

「班長是來找我的嗎？」點了這家店的特調咖啡與妹妹推薦的焦糖布丁後，葛東問起了班長的來意。

班長等服務生離開後，將腦袋靠向了葛東，那烏黑的髮絲幾乎要拂到葛東臉上，一股香風伴隨著刻意壓低的音量，好像在談論什麼秘密交易似的說道：「我是來助你一臂之力的。」

「助我……什麼一臂之力？」葛東沒有被這場景迷得神魂顛倒，卻被她沒頭沒腦的一句話弄迷糊了。

「就是這個。雖然是很了不起的志向，但直接這麼公開寫出來實在太輕率了！」班長從書包中拿出了一本作文簿，上面還夾著書籤，一打開，就是葛東的那篇征服世界！

「……」看著自己的作文簿，葛東的腦筋一下子轉不過來，陷入了長久的沉默。

雖然……也許、或者、可能，葛東很不願意承認，但是結合前後文的意思，班長好像是打算幫自己征服世界？

葛東還沒理清思緒，那邊班長卻又開口說道：「不好意思，我擅自看了你的文章，裡面提到征服世界後將採取的政策，在有關種族平等的觀點中，連外星人也包括在內了，這點我覺得非常棒！」

包括外星人在內的種族平等……這個當然也是隨手胡寫的了。說實話，葛東現在根本想不起來自己寫了什麼，當時只是氣氛高漲的下筆，事後也就把它忘了。所以當班長提起裡面的內容時，他只有隱隱約約「好像是有……」這樣的念頭。

「所以班長是……種族平等主義？」葛東感覺不能繼續這樣被壓制下去，即使今天才發現班長有點脫線，不過要說到胡扯的話，他每天在男生群體中嘴炮出來的威力可不只有這樣而已！

「是的，特別是外星人，電影中每次遇到外星人都要殺個你死我活，這樣不好，外星人也是能成為現今社會的一分子！」班長顯得有些亢奮，語速都變得加快了幾分。

這段話葛東則是一點印象也沒有，但這不妨礙他開始表演。

「我很高興班長有這份心意，但是我要怎麼才能確定，妳可以為征服世界這件事派上用場？」葛東用手肘支撐桌面，雙手交疊遮住了下頷，眼鏡反射店裡的燈光，擺出一副不苟言笑的姿態。

「我可以證明給你看。」班長伸出手，示意葛東握著。

葛東突然之間有些心跳加速，他雖然不是那種碰到女生手指就會激動不已的純情男，但這是班長的手啊！

握住了那帶著一絲涼意的手，指尖傳來的柔滑觸感在在展示了這是一隻女孩子的手，葛東開始煩惱起自己會不會冒手汗這樣的問題來。

但是，被他握住的這隻手，下一秒卻產生了異常的變化！

在葛東的觸感中，班長的手指彷彿沒有骨頭似的轉動，撓著他的手心引起一陣陣癢，接著除了拇指以外的四根手指頭，好像覆蓋上了裝甲一般的由指根處變得堅硬，並帶著刺刺的菱角……

「這是什麼！」葛東猛然將手鬆開，雖然只有一瞬間，但他還是看清楚了班長手指的變化。

就像是昆蟲的幾丁質外殼，雖然是膚色的，但那確實存在！

只不過一瞬間，那外殼就溶解般的消失，恢復成正常女孩子應有的模樣。

「這就是我能派上用場的證明，我就是需要種族平等的外星人。」班長目光灼灼，盯著葛東這麼說道。

「外星人？」葛東很驚訝、非常驚訝，但或許是感情上太過超越，所以反而沒有表現在身體上，他除了臉色稍變以外，竟然沒有諸如冒汗、發抖之類的表現。

「是的，我是外星人，雖然現在隱藏得很好，不過我就是外星人，現在想要跟隨你征服世界的腳步。」雖然還是那樣的姿勢，但葛東已經一點旖旎的感覺也沒有了，甚至那張開合吐言的嘴，都開始像是要突然向他咬來似的。

「……我會仔細考慮一下的。」葛東那空白一片的腦袋中，現在勉強只擠得出這麼一句話來。

「請在明天給我答覆，還有……」班長坐正了身子，將送上來的咖啡一口飲盡，說道：「不要再叫我班長了，叫我艾莉恩吧。」

班長……不，從這裡開始就改叫她艾莉恩吧！

艾莉恩去櫃檯把兩個人的餐費都付了，又向葛東揮了揮手才轉身離開。

葛東依然坐在原來的位置上，他發楞了好一會兒，直到手機響起，是家裡打電話問他怎麼還沒回家，這才重新動作起來。他首先將還溫熱著的咖啡喝了，又吃起妹妹推薦的布丁……確實相當不錯，焦糖烤得恰到好處，布丁本身蛋香濃厚、口感密實，確實是值得推薦的布丁。

吃了甜食，腦部得到糖分的補充，葛東凍僵了的大腦又開始運轉。

剛剛那個……是什麼？

像這樣的事情，他終於認真的思考起來。

該怎麼說呢？這太沒有真實感了，班上最有人氣的班長是外星人，然後把自己惡搞的作文當真了，決定要跟自己一起征服世界？

情況太複雜，葛東一直到回家了也沒釐清，只是向家裡人打聲招呼說自己跟同學去外頭吃過了，也不管妹妹在說什麼，就自顧自的回到了房間。

也不開燈，就這麼倒在自己的床上，葛東想起明天還要給艾莉恩答覆……也許拒絕她會比較好？

但她是外星人，而且是有征服世界意圖的外星人，會不會惱羞成怒……

等等，也許她不是外星人，只是自以為自己是外星人，可是那樣的話，當時感覺到的究竟是……

※　※◆※　※

在種種糾結中，葛東不知不覺的睡著了，等他被肚子的飢餓感喚醒的時候，已經是凌晨四點。

想想昨天吃的東西只有布丁而已，雖然作為熱量來源是足夠的，但要填滿胃的空虛感則做不到，而這陣飢餓感也提醒了他，昨天的事情並不是做夢。

四點多，天都還沒亮，葛東深深呼吸感受著暮夏的凌晨，那帶著微涼的空氣使他平靜下來，他已經做出了決定。

他們家是雙薪家庭，所以父母沒有時間幫他準備早餐，都是自己在外頭買，所以葛東整理了一下個人衛生、收拾完畢後，就準備出門吃早餐了。

雖然在路上有意識的消磨了一些時間，但葛東出門得太早，到學校時也才剛過六點，若非運動社團有晨練，恐怕他連學校都進不去。

不過，早到的不只他一個，艾莉恩也是早早的就到了教室。

當葛東進入教室的時候，艾莉恩正在正整理黑板，她將粉筆溝的灰都清掉，將使用到一半的粉筆依照長度排好，並取出兩根全新的粉筆放在最外側。

「早安。」葛東先一步打了招呼。

「葛東！」艾莉恩側過頭，流露出明顯的喜悅，招呼道：「你今天好早！」

「因為昨天的遭遇……雖然我是那麼寫了，但我沒想到會真的遇上外星人。」

葛東的決定就是隨機應變，當然有幾項腹案可供選擇，但這一切都要視艾莉恩的態度而定。

「在遇到之前，我也沒想過真的有人會以征服世界作為志願呢。」

艾莉恩的回答深深刺痛了他的內心。

要是自己不那麼喜歡作怪就好了，這樣也不會突然得知宇宙的奧秘……葛東如此的悔恨不已。

葛東輕咳一聲，拋開悔恨鼓起勇氣，提出要求道：「那麼首先，讓我確認一下班長真的是外星人，而不是昨天妳偷偷用了什麼技巧讓我誤會了。」

「好。」艾莉恩絲毫不覺得這有什麼不對。接著艾莉恩舉起左手，不知何時她的五指已經合在一起……

仔細一看手指並不是併攏的合在一起，而是五根手指彼此黏合在一起，就像手臂多長了一截似的，而且還在不斷變長，到了一定程度後，前端彎折下來，彷彿在手臂上裝了一支鐮刀頭。

「很銳利喔！」艾莉恩從口袋摸出了一枚硬幣，輕輕一拋，那化成鐮刀的手臂輕易將之削成了兩半。

被切開的硬幣在地面敲出聲響，葛東心臟隨之緊縮，那果然不是什麼戲法！

「我已經證明完了，接下來應該告訴我，要從哪裡開始了吧？」艾莉恩那長長的鐮刀手臂將地面上那斷成兩半的硬幣收去，手臂恢復原狀，不留下一絲證據。

「什麼從哪裡開始？」葛東強忍著立刻轉身逃跑的衝動，在經過一整個晚上的心理建設，他勉強能做到這點了。

「征服世界呀！這是一個很困難的任務，我們必須早點開始。」艾莉恩非常認真的說著。

如果不是剛才看到鐮刀手臂削幣的那一幕，葛東肯定會在此時狠狠地吐槽她！

「等等！我必須很遺憾的告訴班長，妳並沒有被選入我的計畫之中。」葛東一晚上想出來的辦法就是——……拒絕她，從此與她保持距離。

至於揭穿艾莉恩的身分……這點想是想過，卻被他自己否定掉了，除了不容易取信於人不說，艾莉恩也很容易能猜到是誰出賣了她。

「很可惜，你已經不能拒絕了。」不過艾莉恩卻不接他的招，只是露出了燦爛的笑容說道：「我已經知道了，想繼續保持這個秘密，就只有『吸收我』跟『消滅我』這兩條路可以走，作為即將要征服世界之人，可不能像現在這樣天真了呢。」

葛東突然感到口乾舌燥起來，他被艾莉恩擊中了軟處，如果他真的要征服世界，那麼艾莉恩所說的就是無可辯駁的正論，但偏偏他並不是真的想征服世界！

「……我知道了，謝謝班長的提醒。」葛東深吸了一口氣後，裝著一副恍然大悟的模樣。

「那就好，中午的時候我們一起討論該怎麼進行比較好吧。」艾莉恩就像是要成立社團似的輕描淡寫。

「等等，最後一個問題。」葛東咬了咬牙，試探著問道：「假如、我說假如，有一天我放棄了征服世界的話，班長會怎麼做？」

「你不會放棄的，我不會讓你放棄。」艾莉恩笑了，或許是找到了想做的事，她看起來比以往更加容光煥發。

而她斬釘截鐵的回答，也很好的斬斷了葛東心中的幻想，他不是沒有想過要對艾莉恩坦白，所謂征服世界只是一時的惡搞……

接下來的課，葛東沒有心思去聽，他滿腦子都在煩惱未來的事情，跟外星人一起去征服世界什麼的，這種事情可沒有寫在他的生涯規劃中！

時間過得很快，葛東還沒想出辦法，就已經到了中午的吃飯時間。

在這所擁有國中部和高中部的柢山完全中學，學生在中午時有學生餐廳、販賣部以及自己帶便當三種選擇，葛東平常都是去餐廳吃飯，如果動作慢的話就搶不到位置，但是今天他卻沒有像先前那樣一下子衝出去。

因為艾莉恩跟他約定中午要一起討論，葛東深感重負卻不敢逃避，於是提前一節課就買好了麵包，等待艾莉恩時的心情彷彿等候宣判。

「我們去人少一點的地方吧。」艾莉恩提著便當，向抓著麵包的葛東如此提議。

艾莉恩在班上備受矚目，雖然不到一舉一動都被盯梢的程度，不過她和葛東一起離開的情況還是被注意到了。

沒有引起什麼風波，艾莉恩是班長，常常會跟任何人有所交流，對某些人來說，這次只不過是好運掉到了葛東頭上而已。

逆著陽光，他們來到音樂教室，品學兼優的艾莉恩很輕易的借到了鑰匙，將音樂教室化為一個絕佳的談話環境。

兩人挑了一張桌子相對而坐，葛東悄悄瞥了一眼，艾莉恩便當裡放的是普通的家常菜，馬鈴薯紅燒肉、水煮花椰菜、小香腸與菠菜，以及米飯。

看到她吃的是普通的食物，葛東稍微安下一些心來，至少她不是為了增加食物來源而打算征服世界的……

「昨天回去之後我調查過了，你什麼都還沒開始嘛！」才一坐下，艾莉恩就迫不及待地說了起來。

「調查什麼？」

「你過去的所作所為。」

「這個嘛，我現在還是學生，時間方面……」葛東倒是很容易的就找到了說詞，雖然他的成績只是中上而已。

至於她是怎麼調查的，葛東很自然的忽略過去，在他的想法中，既然是外星人，肯定有些異乎尋常的技術，再說她也顯露了那個變化肢體的技能，調查一個普通的地球人根本算不上什麼難事。

「不能這麼說，征服世界要克服的困難很多，時間再多也不夠用，所以我們越早開始越好。」艾莉恩慢慢的吃著，雖然是一邊吃一邊說，但她卻一點也不顯得粗俗。

「所以……？」葛東的麵包倒是幾口就吃乾淨了。

「所以我們從現在開始就要做前期累積，征服世界不是一朝一夕的事情，今天放學之後，我們就開始第一次征服世界戰爭。」艾莉恩頭頭是道的說著，並將他們的行程決定下來。

「開始什麼戰爭？」葛東大驚，對於今天就要開始進行活動的計畫毫無心理準備！

「第一次征服世界戰爭……簡單的說，就是打工。」

「打工?」

葛東原本還遲疑著要怎麼阻止她,但聽到解釋如此正常,他不由得消停了下來。

「最初階段要累積金錢,我們的目標是征服世界,在一開始還沒有力量對抗的時候,充分利用世界本身的規則,並謀取最大利益才是重點。」

艾莉恩像是個軍師那樣侃侃而談,在她說起打工必要性的時候倒是還好,葛東可以理解金錢的重要性,但是當話題轉變到這些金錢在初期應用的例子時,他的腦袋就開始跟不上了。

聽著聽著,不自覺的,葛東腦袋放空的凝視著她的臉,內心那股警戒心以相當快的速度減弱,這既有她一直表現得很冷靜的因素,也有他們已經做了一年的同學關係。

在一年級的時候,艾莉恩也是被選作了班長,原本只是看臉的人氣投票,但是很快大家就發現她的過人之處,不但學業方面表現優秀,各種事務交到她手上也能處理得非常完美。

信任就是這麼建立的,尤其他們都是十幾歲的學生,彼此之間的相處依舊很單純。

只不過，沒想到在大家心目中品學兼優的好班長，竟然會是外星人罷了……

「你有在聽嗎？」艾莉恩很快就發現了葛東恍神，因此伸出手來輕輕地在桌上敲出聲響，將他的注意力吸引回來。

「有啊有啊……我在想，班長是怎樣的外星人？」葛東不由自主的這麼說了出來。

「我？」艾莉恩沒料到會突然冒出一個八竿子打不著的問題，一時之間愣住了。

「是啊，我只知道妳是外星人，有一些……變換形體的能力，可是你們究竟是怎樣的外星人，卻完全不瞭解呢。」葛東雖然只是一閃而過的念頭，但也算是趁機打探消息。

「說得也是呢，對於不明就裡的對象，也不會立刻全心合作的吧……」艾莉恩誤會了，在她的想法中，葛東這樣的謹慎是值得稱道的！

「不過，並沒有『我們』這件事，只有我而已……」

艾莉恩慢慢的敘述起來，在她的話中，艾莉恩是墜落到地球上的，當時她很小，甚至可能只是一個卵，埋藏在基因中的本能讓她變成了這個星球上最多的物種——人類。然後就是被撿到、被收容，而艾莉恩也很快的學習了人類世界的生活方式，吸收人類世界的知識。

直到那天看到征服世界的作文，征服世界這個字眼就像是撞擊在她的大腦深處，迸發了一種「她必須這麼做」的使命感。

「我的智力成熟速度比人類快很多，所以在獲得獎學金之後，我的生活終於變得比較寬裕。」

艾莉恩如此敘述下來，輕易就在葛東腦中形成了畫面——這是一個在人類社會中成長學習，被灌輸了人類價值觀的外星人。

「所以班長的名字是……」葛東結合上頭所述的經歷，很輕易的就聯想到了這點。

「我自己去改的，艾莉恩，Alien，很適合我處境的名字不是嗎？」

艾莉恩終於將她的便當吃完，這時午休也剩不到多少時間了。

她領著葛東離開音樂教室，重新鎖上，又去洗手臺將便當盒清洗了，這才說道：「放學後別急著走，我已經找好打工的地點了。」

「太突然了，我家裡……」葛東聽了這麼一串下來，對艾莉恩的提防之心去了一大半，這時都開始敢跟她討價還價了。

艾莉恩彷彿很理解他難處似的點點頭，沉吟了一會兒之後說道：「說的也是，今天先取消，我去向你的家人解釋。」

「咦？」

第二章 征服世界的第一步是資金收集。

「妳是我家小東班上的同學？是班長？」

「這還是他第一次帶同學來家裡玩呢……」

在葛東家的客廳裡，並排而坐的艾莉恩與葛東，正接受著來自葛媽的轟炸。

自己的兒子領了個女孩回家，還是一個氣質優雅大小姐似的美人兒，做母親的立刻就八卦起來，拉著艾莉恩的手嘀嘀咕咕說個不停。

而葛東則完全沒有待在自己家裡的自在感，反而被自己老媽不時投來的曖昧眼神弄得頭皮發麻！

——老媽，妳眼前的這個可不是人類！

除了過分熱情的葛媽以外，還有來自妹妹的壓力，雖然妹妹沒有出來跟客人見面，但葛東可以感受到某個房門口投來的偷窺視線。

而艾莉恩則保持著她優良學生的模樣，對葛媽各種奇妙甚至曖昧的問題一一作答，完全滴水不漏。

「……基於這些原因，我希望能跟他一起打工。」

並且，還把她來拜訪的理由也說清楚了。

葛東這下子有點佩服了，能在這些詢問中把任務完成，艾莉恩的應對能力也不是一般的高！

「打工？沒問題，只是我家這孩子的功課總是上不去……」

「沒有關係，我會幫他補習的。」

聽到艾莉恩這麼承諾，葛媽更加高興，嚷嚷著要留她下來吃晚飯。

對於葛媽的熱情，艾莉恩婉拒道：「我只是放學順路過來一下而已，晚飯必須要回家吃。」

「好好，這樣好！」

葛媽看艾莉恩除了滿意以外沒有別的感覺，不但人長得漂亮、氣質好、還守規矩，也不在外頭待到太晚……

又是一連串的客套話後，艾莉恩終於走出了他們家的大門。

「媽，其實我跟班長不是那種關係……」葛東把班長送到樓下，回來之後想起剛才的情況，覺得自己很有必要解釋一下。

誰想葛媽竟然忍不住笑出聲來，拍著他的肩膀道：「當然不是啦！人家那麼一個大小姐，要真能看上你，我得去幫月老廟重修一個金身才行。」

「那妳剛剛還這麼熱情？」葛東嘴角一拉，哪有這麼說自己孩子的……

「那樣的女孩子多討人喜歡啊！哪像你跟你妹那樣不讓人省心……」

眼看葛媽又要開啟無盡的說教模式，葛東趕緊說了一聲要寫作業，然後就躲回了自己的房間。

不過，他在經過妹妹的房門口時，被她從門內狠狠地瞪了！

葛東聳肩而過。他所謂的作業就是幾張考卷的練習題，而且還是文科的，一下子就做完了。

經過一整天的相處，葛東對艾莉恩的戒心削減到剩下一個很淺的程度。

雖然說是外星人，但是她在學校待了一整年，沒聽說過這附近有什麼離奇失蹤，或是殺人事件之類的案件，也沒有動物慘遭虐殺之類的事情，所以說艾莉恩並不是那麼凶殘……至少到目前為止是如此。

※　※◆※　※

隔天，葛東恢復了平常上學的時間，但是走出他熟悉的巷子口後，卻見到一位留著黑色長髮，渾身上下打理得整整齊齊，就連襪子的高度也挑不出一絲毛病的女孩子等在哪裡。

「班長？」葛東顯得很意外，趕緊加快了腳步，來到女孩子身邊，問道：「妳是來這裡等我的？」

能這樣被形容的女孩子，除了艾莉恩也沒有別人了。她雙手提著書包置在身前，於是胸口受到雙臂夾擊，雖然上半身多穿了一件無袖的毛衣，但仍然掩飾不住她那比同年齡女孩要成熟許多的身段。

「嗯，我是來接你的。」艾莉恩點了點頭，那漆黑的長髮晃出柔順的波浪，她認真的說道：「征服世界是一件非常重要的事情，也許會有人對你不利，所以今後我都會過來接你上學。」

「這就不用了吧，況且征服世界什麼的，我們不說不會有人知道的。」葛東直覺感到不妥，雖然他也不知道究竟是哪裡不好。

「會有人知道的，你那篇作文已經交上去了。」艾莉恩眼中生出幾分責備，像他這樣還沒做好準備就大聲疾呼的作為，實在太莽撞了。

「這個嘛……」葛東本來想說不會有人當真，可是看了一眼艾莉恩，他又閉上了嘴。這不就有個當真的人嗎……雖然是外星人。

兩人一時默默無語，葛東沒再說服艾莉恩別來的打算，只是一起默默的走向學校。

又是一整天沒事，似乎是艾莉恩覺得計議已定，中午也沒再拉著葛東討論，不知不覺很快就來到了放學時分。

「走吧。」

艾莉恩提著書包過來招呼，葛東也差不多認命了，再說這只是打工，能有多一點零用錢也不是壞事，就是玩樂的時間可能要遭到削減了……

「我們去打的是什麼工？」葛東在出校門前，好歹想起來多問一句。

「一家咖啡廳，是我們能做的打工中，時薪最高的。」

艾莉恩又稍微介紹了幾句那家咖啡廳的情況，總之好像是家生意不錯的咖啡廳。

「但是我沒有去面試，他們就錄取了？」葛東雖然沒有打過工，但也認識有打工的同學，平常聊天的時候，便從他們那裡知道不是當天去當天就上工的。

「因為我變成了你的樣子去面試。」艾莉恩若無其事的說道。

「什麼！」葛東一下子站住了腳。

「時間緊迫，我必須儘快處理好這方面的事。」艾莉恩也跟著停下腳步，轉過頭來一讓不讓地與葛東對視著。

不知道為什麼，明明是對方的錯，但在這種對視中卻是葛東先敗下陣來，而剛才那陣幾乎充滿胸膛的憤怒，卻完全不見了蹤影。

「我可以保證，僅此一次。」在這樣的基礎上，艾莉恩又追加了保證。

葛東並不是被艾莉恩一保證，又被眼睛一望就不生氣了，他還是在生氣，只是從表面上的氣，變成埋藏在心裡的氣。

不過，他倒是沒有像小孩子那樣不跟艾莉恩說話，因為打工的訊息是他需要趕緊掌握的東西。

儘管征服世界的口號很扯，但對於這份打工工作，葛東是打算認真做的，他以前就曾經想過要去打工，只是一直沒有下定決心，正好出了艾莉恩這件事，於是當他聽說前置作業是打工的時候，也就半推半就的應了下來。

只是，他似乎忘記了一件事，作為征服世界的資金，他可能沒辦法拿這筆錢去買自己想要的東西……

總之，在和諧帶著疏遠的氣氛中，葛東跟著艾莉恩來到了即將開始打工的咖啡廳。

這跟他家附近那家環境良好的咖啡廳不同，是一家開在住宅區裡的咖啡廳，看板上寫著「VICI COFFEE」，布置得中規中矩，就是店面比較大，裡頭放了許多張桌子，以及一推門就能聞到的濃郁咖啡香。

他們進來的時候，店裡只有兩桌客人，桌上各自擺著一個杯子及筆電，頭也不抬的使勁敲字，也不知道從什麼時候開始就坐在這兒的。

「歡迎光……啊，是你們啊！」

聽到店門鈴鐺響起，以為是客人而前來招呼的，是一個看起來年紀與他們差不了多少的女孩子。

店員女孩個子不高，但胸口卻把這家店的襯衫上衣繃得死緊，那釦子好像隨時都會彈開似的；長髮在腦後梳了一個馬尾，眉眼間略顯飛揚，白襯衫下是深咖啡色的高腰背帶裙，將那上半身的景象束得更加危險。

看到她，葛東小小吃了一驚，因為他認識這個女孩。

也算不上多熟，就是朋友的朋友那種感覺，葛東沒跟她單獨相處過，但知道她是隔壁班的女生，在走廊上也互相見過幾次。

「大叔在後場，你們先換了衣服再去找他吧。」馬尾女孩對他們招呼一聲之後，又去忙別的工作了。

「班長，剛才那個女生是……」葛東跟著艾莉恩往員工休息室方向走去的時候，忍不住問了起來。

「嗯，我們隔壁班的陽曇，應該有彼此照過面，但她沒跟我有過什麼交流。」

艾莉恩證實了他的判斷，那的確就是隔壁班的女生。

但是，確認了之後，葛東突然又覺得好像……好像也沒能做什麼，就這樣而已，認出來了又怎樣呢？

兩人各自換了服務生的制服，這間咖啡店的女制服是白襯衫加深咖啡色高腰背帶裙的樣式，領上有粉紅色蝴蝶結，而男制服則是襯衫與長圍裙，色系與女生制服是相同的。

這麼一穿起來，葛東的氣質頓時不同了，該怎麼說呢？一旦穿上了工作制服，就好像顯得精明幹練了許多。

只有葛東自己知道，他還是個什麼也不懂的小菜鳥。

艾莉恩花的時間比較長，葛東在更衣室門口等了一會兒，也不好意思盯著門口看，就這麼靠在走廊上，盯著周圍的架子發呆。

過了一會兒，聽到背後的響動，葛東轉過身去，正想招呼她的時候，卻不由得停滯了下來。

換上服務生制服的艾莉恩，展現出了跟在學校裡完全不同的氣質。

葛東之前只見過她穿制服的樣子，與寬寬大大穿上去什麼都蓋住的學生制服不同，襯衫搭配高腰背帶裙的女服務生制服是強調身材的服飾，所以在葛東的眼中，艾莉恩簡直起了一百八十度的變化！

艾莉恩的外表原本看起來就比同年齡的女孩成熟，這不僅是指精神上的，還包括身體上的，加上她為了工作而把那頭長直髮從中段束了起來，彷彿突然之間將兩人的差距又拉開了。

「我們去找老闆吧，這裡的人都叫他大叔，到時候跟著叫就可以了。」艾莉恩望了他一眼卻不做什麼表示，似乎換上服務生制服的葛東很平常似的。

但是，等她走出去幾步，發現葛東沒有跟上的時候，才注意到他似乎把視線擴散到了自己全身。

「你喜歡這個裝扮？」艾莉恩拉了拉比制服短得多的裙子，只是這麼一拉，就讓那潔白的肌膚多露出了一段。

「啊……那個、那個是……」葛東忽然驚醒過來，迎著艾莉恩詢問的目光，他不由得面紅耳赤。

好在艾莉恩沒有要趁機追問的意思，只是領著他來到後場。

所謂的後場，只要是客人不會進去的地方，全都算作後場。

依照餐飲業來說，最重要的就是廚房和倉庫了，而他們就是在半開放式的廚房裡，見到了這家咖啡廳的老闆。

見到老闆後，葛東馬上就能明白他為什麼要待在後場了，高大的身軀與強壯的肌肉線條，光亮的頭頂與那棕色的油亮皮膚，簡直就像是展示臺上的肌肉模型似的！

「你們來了。」

因為店裡人少，廚房也沒有工作，光頭大叔正在砧板上切些像是生菜的東西，聽到腳步聲轉過頭來，認出是前天說要來打工的兩個學生。

「大叔。」

「大……老闆好。」

艾莉恩很輕易的叫著大叔，葛東卻是沒辦法叫出口，只得稱呼老闆。

「嗯，你們兩個先去把可以來的排班表和單子填一填，然後去外頭找陽曇，她會教你們，如果還有不懂的才來找我。」光頭大叔簡短的吩咐了幾句，好像又想起什麼似的說道：「對了，我這邊發薪日是每個月的八號。」

於是他們又被趕去寫單子，無非就是姓名、地址、匯款帳號之類的東西。話說匯款帳號他一時真想不起來，還是打電話回家去問了才知道的。

另外就是班表，艾莉恩幫著填了，葛東拿過來一看，平日就是放學後來這邊做到九點關門，然後假日都是全天。

也就是說，除了上學的時候，其他時間都要在這裡打工。

好在這家咖啡廳中午才開門，否則就連假日都要早起了。

「這會不會太……」葛東面有難色，雖然說他也想過要打工的事情，卻沒想過要這麼努力的打工。

「以征服世界為目標的話，無論儲備多少錢都是不夠的。」艾莉恩不以為意，她甚至都在考慮要不要利用週末上午的時間，去找另一份打工來做。

「不，我覺得適當的休息有助於保持內心的堅強，一直緊繃著，會讓人垮掉的。」葛東為了保證自己不用年紀輕輕就變成血汗工，很努力的想要說服艾莉恩。

「適當的休息嗎……」艾莉恩略微思考了一下，點頭同意道：「你說的也不無道理，征服世界將會是一個艱苦而漫長的過程，不能在起始階段就把精神都耗盡了。」

一邊說著，艾莉恩一邊把週日的排班刪掉了。

看到保留了週日，葛東也不再繼續爭執，只是說道：「那就這樣決定了，我們……」

「叩叩！」

葛東話才說到一半，就被休息室門口傳來的敲擊聲打斷了，轉頭一看，卻是那個大叔店長。

員工休息室是沒有門板的，就只是一個門洞，大叔店長直接敲的就是牆，從他面不改色習以為常的樣子來看，並不是第一次這麼做來提醒裡頭的人了。

「大叔！」

「老闆！」

不同的稱呼，叫的卻是同一個人，葛東剛剛還在跟艾莉恩談論征服世界的事情，也不知道有沒有被大叔店長聽到，頓時顯得有些坐立不安起來。

而艾莉恩渾然沒事的樣子，好像即使被知道也沒什麼大不了的。

「填好了嗎？」大叔店長若無其事的拉了張椅子坐下，問道：「你們剛才在聊些什麼？」

「這個……」

葛東感到難以回答的問題，艾莉恩卻是毫不猶豫的開口道：「我們在討論征服世界的事情。」

「班長！」葛東無法置信的望去。

「有什麼不好嗎？反正遲早也是要公布的，就從現在開始不是很好嗎？」艾莉恩全然不想隱瞞，那副堂堂正正的姿態彷彿在發著光。

「啊哈哈哈！年輕人有鬥志是件好事！」大叔店長豪邁的笑了起來，似乎沒有把征服世界的事情當真。

笑了一陣，大叔店長起身離開，臨走前吩咐道：「不過你們當著客人的面可不能那麼說，被當成奇怪的店，我可做不成生意了！」

葛東和艾莉恩分別應下，接下來就是去外頭找陽曇來教導他們兩人，而陽曇不知道從哪裡聽說了艾莉恩的豪言壯語，不時用奇妙的眼神打量艾莉恩，並且明顯帶著些避開她的樣子，所有的教導都是她教葛東，然後艾莉恩在旁邊看著學。

不過即使如此，艾莉恩上手的速度還是比葛東快得多。

因為這家咖啡廳有提供簡餐，在晚餐時分客人最多的時候，就連老手的陽曇都忙不過來，葛東更別提了，各種新手會犯的錯全犯了，只有艾莉恩像是最資深的侍應一般，將客人所要求的一切處理得井井有條。

如果光看工作表現，或許會以為艾莉恩才是做了比較久的那個人吧。

等晚餐時間過了以後，店裡的客人少了一些，葛東也得到了喘息的空間。

「小夥子，第一天上班還好嗎？」

在某次將盤子收到後場的時候，大叔店長叫住了他。

「有點辛苦，不過還好。」葛東也不隱瞞，第一天打工真有些手足無措的感覺。

「習慣就好。對了，你跟陽曇認識？」大叔店長見到他們偶然在後場碰面的時候，陽曇跟艾莉恩彼此不交談，倒是跟葛東有些許交流。

「我們兩個隔壁班的，我跟她算是認識吧，但不是很熟。」

「這樣啊，那你為什麼要來打工？也是那個……打算征服世界嗎？」

「那是班長……喔，是艾莉恩說著好玩的，我是打算為自己賺零用錢呢。」這是葛東的真心話。

大叔店長點點頭，好像很滿意似的縮回了廚房當中。

他們就這麼一路忙到九點。

結束了打工後，清掃的工作全是由陽曇和大叔店長來負責，原本葛東看他們如此忙碌，有些不好意思想去幫手，卻被大叔店長阻止，說是陽曇有加班費而他們沒有，要是讓他們幫忙則是違法的云云。

在大叔店長奇特的堅持下，葛東和艾莉恩結束了第一天的打工。

第三章 安全的產房是征服世界的要素之一。

半夜，在一間早已結束營業的咖啡廳裡，員工休息室的燈卻是大亮著，只見一個光頭大叔坐在摺疊桌前，微低著頭，燈光的角度使他的額頭以下全都埋藏在陰影下，顯得充滿了神秘感。

而在他的對面，一個矮小得多的人影如他一般的坐著，從體型的輪廓上看，是個不折不扣的女孩子。

「新來的打工仔怎麼樣？」光頭大叔不見任何動作，卻有一道銳利的目光從陰影中透出。

「好像也是為了同樣的目的在收集金錢，而且……」女孩回答的聲音顯得有些遲疑，她不禁摸了摸自己的脖子，說道：「不過今天我沒有什麼機會試探他們，我沒有單獨跟他在後場碰到過。」

「妳做出了正確的選擇，我們還不知道對方的勢力有多大，不要隨意打草驚蛇，需要先收集情報。」光頭大叔並不如形象上那樣的粗獷，反而是很細緻地進行了工作安排。

「可是，要從哪裡開始……」女孩的表情顯得有些困擾，雖然他們手上有工讀生的資料，但是人手……

「先從學校開始吧，他們跟妳同一個學校，而且是妳隔壁班的。」光頭大叔抖落出了先前收集到的消息。

「我隔壁班的？」女孩很明顯的愣住了，似乎是某人認出了她，但她卻沒認出某人的樣子……

不過，女孩很快就拋開了在記憶中搜索的打算，既然是隔壁班的同學，明天上學的時候去看看不就得了嗎？

況且，這樣也比較容易試探。

在種種計算中，夜色顯得更深了。

※　※◆※　※

在打工結束的第二天，葛東帶著些許倦意來到學校，雖然艾莉恩說為了安全每天都會去接他，不過這只到校門口而已，因為作為一個品學兼優又深受教師信任的班長，會有很多額外的雜務要做。

所以葛東是自己一個人進教室的，但是今天他一進教室，先來的同學們都用奇妙的眼神望向他。

「怎麼了嗎？」葛東不解的問道。

「阿東你自己看……」

做出回答的，是他的好朋友，對於他的介紹暫且延後，先來看看究竟是什麼引起了全班同學的異常。

葛東在朋友的引導下來到他的位置上，然後他立刻理解了為什麼大家會用那種眼神看他。

因為在他的桌上放著一封粉紅色的信封，還用了愛心形狀的貼紙，上頭用圓滾滾的少女字體寫著「給葛東」。

而信的下面還壓著一個金紅色禮物包裝的長條形物體，大約是可以放進鉛筆盒的程度，寬度介於尺筆之間，不過很薄。

「這該不會就是傳說中的……」葛東被驚呆了，他無法想像自己為什麼可以收到這種東西。

「快打開看看！」

到現在還沒來得及報出名字的友人，心癢難搔的在一旁慫恿。

「你把腦袋移開一點，不要偷看！」

雖然是這麼說了，但不只是那位好友，班上其他人也是一副望眼欲穿的模樣，葛東決定不要在這裡打開信件。

他抓起信和禮物，轉頭衝出了教室！

「葛東逃走了！」

二年二班一陣譁然，男生們不假思索的追了出去，而女生們也開始吱吱喳喳起來，誰也沒想到在班上並不是特別起眼的葛東，突然之間就弄出了這種戲碼。

男生們並沒有找到葛東，因為還沒響鐘，一些人還沒進教室，真正追出來的不到十人，在學校裡一撒連個水花也不見，葛東輕輕鬆鬆的就把他們甩掉了。

葛東看信的地方在音樂教室門口，就是艾莉恩曾經帶他進去過的那間，但因為他沒有鑰匙，所以是站在走廊上看的。

ＴＯ：葛東

放棄征服世界，否則你就是與我們為敵。

——陽墨闇

那封可愛信件中只有這麼一張薄薄的紙，而且好像還不小心把本名寫上去了。

葛東先不吐槽那個明顯看得出來原本寫什麼的字跡，他默默拿出那個長條狀的禮物，打開一看，裡頭包著一截用過的美工刀片，刀面上布滿了黑褐色的鏽跡。

竟然被寄刀片了……而且還是用過的！

不，在那之前，這封信究竟是怎麼回事！？

為什麼隔壁班的陽曇大剌剌的就把名字寫在威脅信……好吧，她塗掉了，可是既然不想被知道的話就乾脆換張紙寫啊！這樣簡單的用條線劃掉，只要認識中文的人都可以看出來原本寫的是什麼吧！

「這是怎麼回事？與他們為敵是什麼意思……他們是誰？」

一連串的疑問不斷從葛東的腦中冒出來，這也是他首次開始覺得，艾莉恩說要保護他並不是毫無道理的事。

想了想，葛東把這封信署名的部分撕掉，在咖啡廳時，艾莉恩與陽曇的不和他印象很深，如果再把這個給她看，葛東無法確定會產生什麼後果。

不過在那之前……

「葛東，情況如何？」

一回到教室，他就面臨友人的追問。

那個介紹一直被延後的傢伙叫林友諒，他染了一頭醒目的金髮，再配合上輕佻的表情，整個人就顯得很不正經。他還有個哥哥叫友直，就是不知道如果再有一個弟弟會叫什麼……扯遠了，總之這個林友諒是葛東班上最好的朋友。

另外，跟陽曇認識也是託了這傢伙的福，他和陽曇是鄰居，好像從很小的時候就玩在了一起。

「沒怎麼樣，不是你想的那樣。我昨天開始打工，在那邊的前輩剛好也是我們學校的，她寫了一些注意事項給我，那個信封是惡作劇啦……」葛東無奈的編著謊言，似乎也不完全算是謊言，就只是隱瞞了信是陽曇寫的這點。

「真的嗎？」友諒懷疑的望著他。

「當然是真的，你看我像是收到情書的表情嗎？」葛東沒有特地板著臉，從他拽拉著的嘴角，友諒決定相信他。

「什麼嘛，真無趣……」友諒勾著他的脖子，還想繼續說什麼的時候，卻突然看到一道亮麗的身影向他們走近，他不由自主的渾身僵硬起來。

葛東被他勾著，自然也能察覺到他的不對勁，轉頭一看，卻是艾莉恩處理完老師們交代的事情回到班上來了。

「班、班長……妳、妳早安啊……」

友諒只要了見到艾莉恩，就像是見到了貓的老鼠那樣渾身不自在，葛東已經見怪不怪了。

「早安。」艾莉恩簡短的回應一聲，立刻轉頭找上原本的目標，也就是葛東。她問道：「我聽說你收到情書了？」

「不是情書，妳看。」葛東老老實實的把信交上去。

艾莉恩掃過一眼就看完了，她隨手將信紙塞進自己的口袋，又問道：「那個撕掉一角的部分？」

「拿到的時候就這樣了……」葛東迎著她的目光，不知怎的竟然有些緊張。

明明不可能被發現的，但心跳卻無法控制的加快了速度。

「……好吧，我會調查的。」艾莉恩看起來好像想說些什麼，可是在淡淡瞟了林友諒一眼後，卻是沒有說出來。

看著艾莉恩轉身離去的背影，友諒追著注視了好一陣子，才突然會意過來什麼，吃驚的轉頭望向自己的好友說：「你跟班長……」

「怎麼了？」葛東心思全在那封威脅信上，沒有注意到友人的臉色不對勁。

「你跟班長在交往？」友諒以為他不想承認，乾脆就挑明了出來。

「當然有交往，班長本來就跟大家……」葛東說到一半後驀然失聲，他明白了友諒的意思。

不過友諒的思考也太跳躍了，只是類似情書的東西被收走，又被多問了兩句而已，作為班長的要務之一，維護班級風紀而言也不是太過分的事，不曉得為什麼友諒對此這麼敏感。

想到這裡，葛東忍不住反問道：「為什麼你會這麼想？」

「難道不是嗎？不然你幹嘛把信給班長？」友諒的眉頭糾結在一起，從表情上就看得出來他非常的在意。

「也不是啦……剛才我不是說了嗎？這是打工前輩給的注意事項，我跟班長在同一個地方打工，所以本來就應該要給她看的。」隨口的搪塞竟然能接得起來，葛東不禁開始佩服起自己的好運道。

「所以說，你真的沒有在跟班長交往？」友諒也不知道是怎麼了，一直抓著這點窮追猛打。

「我跟班長不可能的嘛……」葛東無奈的搔搔頭，如果在兩天前他可能還抱著幻想，但現在已經不可能了。

不過，一想起過去的自己，他也不是不能明白友諒為何如此介意這件事。

「你喜歡班長？」

「唔……我、那個……班上應該沒人不喜歡的吧……」

友諒被反將一軍，滿臉通紅的嘟囔了幾聲，氣勢全消的退了下去。

葛東收到情書的這場風波，在他本人與艾莉恩的雙重澄清下，流言還沒開始就煙消雲散了。

當然，其中艾莉恩的作用大得多，跟葛東比起來，二年二班就是艾莉恩的領地，所有的學生都信賴她，即使是私下裡忌妒她的傢伙，也沒辦法否定她的可信度。

第一節下課，葛東來到了走廊上，往隔壁班，也就是二年三班的方向望去。他在找陽曇，而且很輕易的就找到了。

陽曇跟在咖啡廳打工的時候不同，在學校顯得很安靜，即使下課了也只是一個人坐在自己的位置上，不知道是在看書還是做什麼，葛東看了一整個下課時間，也不見有人跟她搭話，似乎在班上的人緣不太好。

唯一能跟昨天那個咖啡廳女服務生聯繫起來的，只有那制服也遮掩不住的好身材。

葛東試著回憶他和陽曇見面時的情景，但印象很薄弱，每次跟她見到面的時候，身邊一定有友諒在，所以認真的回憶之下，反而是友諒的臉越來越占據所有的畫面。

短短的十分鐘只能觀察到這些，上課鈴就響了起來，葛東趕忙甩了甩頭，把一腦袋的林友諒驅趕出去。

接著第二節下課，這次他大大方方的走到隔壁班，請同學叫陽曇出來。

「陽曇，外頭有人找！」

隨著這一聲叫喚，陽曇彷彿很驚訝似的向教室門口望去，發現站在那兒的是葛東，眼中的驚訝更添一分，但隨即臉色就沉了下來。

「有什麼事？」陽曇的語氣很差，跟在咖啡廳時有天壤之別。

「我只是……」葛東本來要問她關於那封信的事情，但事到臨頭才想起來，對方在信上的口氣很不好，並且還刻意用了化名，這麼當面問似乎不是明智的選擇。

於是他匆忙改口道：「我只是發現妳也在那邊打工，想說妳是我們隔壁班的，所以過來打聲招呼。」

「你們……另外一個也在嗎？」

陽曇好像不知道艾莉恩在她隔壁班，這點倒是讓葛東頗為意外，原本他以為像班長這樣的學生一定會很引人注目的。

見到葛東點頭，陽曇若有所思的望過去，不過這時艾莉恩又被抓公差了，所以陽曇沒有在二班的教室內找到她的身影。

雖然沒有看到艾莉恩，但陽曇卻見到了另外一個傢伙。

「阿諒……是你們班的？」

「是啊……妳不知道？」葛東轉頭望了一眼，那個染成金毛的友人不知道正在吹噓什麼，誇張的表情堪比一流演員。

「我不怎麼關心學校的事情……」陽曇腦子裡想的是多了一個打聽消息的來源，對於把她叫出來的葛東是徹底忽略了。

而葛東覺得這樣也是不錯的結果，畢竟他在叫人的時候沒有考慮妥當，陷入沒有話題的窘境正好藉此告別，還好臨時找的藉口勉強說得過去，但有件事情還是引起了他的奇妙感。

「那麼打工的時候就請多多關照囉！」葛東總覺得她好像根本沒想起來自己曾經和友諒一起鬼混過。

搞不好她到現在也沒認出他來？

抱著這奇妙的念頭，葛東跟陽曇在學校的第一次交流就這麼告終。

接著再見面就是放學後的打工，陽曇在打工的時候顯得開朗了許多，應對客人時的營業用笑容也很熟練，絲毫不見在學校時的模樣。

在咖啡廳時，陽曇跟葛東的交流比較多些，跟艾莉恩則是除非工作上不可避免，否則是能躲就躲。

但是很快的，陽曇發現到可以請葛東傳話的這種方式，這下子更乾脆了，她們倆唯一的交流直接中斷，就是辛苦了葛東，這樣傳話來傳話去，有種夾在中間的感覺。

※　※◆※　※

這天的打工也很順利的結束，葛東越來越上手了，犯的錯也減少了很多。

「你們等一下。」大叔店長一身的廚師服，將店門口的營業牌子翻面後，叫住了正要去換衣服的兩人。

「怎麼了嗎？」

「今天就是八號了，我這邊直接把兩天的打工費給你們，下次發薪水就直接算這個月的。」大叔店長從櫃檯的抽屜拿出兩個信封袋，看來是早就已經準備好了的。

葛東和艾莉恩分別接過，在拿到生平第一筆薪水的時候，葛東頗有些小激動，雖然兩天份的薪水沒有很多，但這是用自己的勞動換取的成果！

「想好要怎麼花了嗎？」大叔店長露出了慈祥的笑容……也許是想這樣表達的吧，但說實在並不是很成功。

「嗯，我已經想好了，要存起來，準備買房子。」艾莉恩很自然的搓開信封往裡頭望了一眼，就這麼一眼已經點清楚金額。

「這麼快就在考慮買房子的事情了嗎……」大叔店長的笑容僵住了。

「嗯，這種事情越早籌備越好，不然的話……」艾莉恩止住了話題，微微向大叔店長鞠了個躬，說道：「那麼我們就拜領了。」

在艾莉恩要買房子的豪言中，她和葛東離開了咖啡廳。

一走出店門口，葛東有些迫不及待的問道：「妳說要買房子是認真的嗎？」

「是認真的，這是征服世界最重要的一步。」艾莉恩走在夜色下的人行道上，宛如故事中的精靈。

「跟妳提過的那些金錢使用例子完全不同啊！是要用來作為基地嗎？」葛東作為被牽連進去的一分子，對於買房子這件事頗為敏感。

「不，是要用來作為我的產房。」艾莉恩走在前方，頭也不回的說道。

「產房？」

「嗯，我需要一個安全的環境，讓我……產卵，等我的卵孵化後，就可以形成初步的戰力……」

「等等等等，班長妳先等等啊！」葛東突然聽到了很厲害的秘密，趕緊上前幾步拉住了艾莉恩的手，「妳、妳可以產卵？」

「可以的，但是……」

艾莉恩的聲音不知道為什麼輕微了很多，葛東幾乎要湊到她嘴邊才聽得清楚。然後他這才注意到，被他拉住的艾莉恩臉色異常紅潤，呼吸似乎也變得紊亂了。

「但是我也、也沒有試過，所以到時候、未來也許……也許……」

艾莉恩難得一見的困窘了，似乎她對產卵這件事羞於啟齒，但面對葛東的詢問卻不得不回覆。

雖然這樣的艾莉恩很少見，從她的視線中可以發覺顯而易見的慌亂，但葛東卻沒有心思欣賞，因為她剛剛說的話很恐怖啊！

「妳可以產卵……現在就可以？」葛東鬼使神差的這麼問了出來。

「再怎麼說現在也太……」艾莉恩的臉更紅了，支支吾吾的說道：「不在產房是不行的，我現在還沒轉化，所以產不出來的……」

「所以說那個產房，只要有那個就可以了是嗎？」葛東稍微取回了一些理智，總算順利的將關鍵點拼湊了出來。

「不光只是有房子，還需要營造出安全的環境，否則是沒辦法的……」艾莉恩被連續追問，反而漸漸地適應了過來。

冷靜下來的雙方開始使用彼此都能聽懂的語言，經過不短的交流，葛東終於弄明白所謂的產房是怎麼回事。

這不僅是一個空房間的意思而已，還包含了能讓艾莉恩感到安全的要素在內，雖然不知道她感受不到安全的話會發生什麼事，但最起碼在艾莉恩預計中的大量產卵是不可能做到的了。

葛東在這裡暗自下定決心，一定不能讓產房建起來！

否則的話，大量的艾莉恩……

他不禁想起了某部老電影中的情結，大量繁殖的外星怪物四處捕食人類，雖然最後是人類獲勝，但過程可是腥風血雨的。

就這樣，他們說說走走中，忽略了一旁騎樓下某個立於陰影中的身影。

其實對方也不是有意躲藏，只是剛好走到了那個位置，等他發現到迎面走來的是葛東和艾莉恩，基於某種奇妙的心理，他停止了正要叫住他們的舉動。

然後他就聽到了——

第三章　安全的產房是征服世界的要素之一。

「產房……安全的環境……買房子……未來……」

諸如此類的隻言片語飄進耳中，於是他徹底失去了在此打招呼的勇氣。

第四章 外星人都不會取名字。

在已經打烊的ＶＩＣＩ咖啡前，出現一個將頭髮染成金黃色的身影，他的臉上帶著幾分沮喪，毫不猶豫的推開了店門。

他好像很熟悉店裡的布置，三兩步就跨過櫃檯，走向了後場的員工休息室。

「喔，阿諒你來啦！正好我們有事要……你怎麼了，臉色這麼差？」

光頭大叔和女孩身影……好吧，其實就是大叔店長和陽曇，他們看著進來的友諒臉色蒼白，不由得關心的問道。

「沒什麼，只是路上太冷了……」

「太冷？」

陽曇望了一眼月曆，現在是九月，這遠遠還不到開始變冷的季節。

真要說起來，學校都還是夏季制服呢！

「啊哈哈沒什麼啦！我們快點開始吧。」友諒不想繼續這個話題，太衝擊了。

「好吧，本週五的例會這就開始，那麼首先第一個議題是，針對新興的征服世界組織，我等應當如何應對？」大叔店長又擺出了經典的詢問姿勢，用隱藏在陰影中的目光來探視旁人。

「在此之前，我提議先向阿諒……向戰鬥員甲詢問敵人的情報。」陽曇舉起了手，一本正經的發言道。

「向我詢問敵人的情報？」友諒一愣，一直以來他都很少在這個所謂的會議上發言，更別說是提出什麼要求，所以才被分發到了一個「戰鬥員甲」的稱呼，只是他怎麼也沒想到，竟然會有要求自己發言的一天。

「確實，我們在柢山高中的情報收集是個弱項，所以要拜託戰鬥員甲了。」陽曇用一種彷彿自己是局外人的方式發言，好像她不是讀同一間學校似的。

「什麼、什麼……你們到底在說什麼？」

接下來就是陽曇向他解說，大叔店長無意間聽到新來的工讀生說要征服世界的事情，然後這兩個工讀生跟他同班……

因為有面前這兩個例子在，所以友諒只是稍微驚訝了一下葛東和艾莉恩竟然也是同道中人後，隨即就放下了追究的打算。

「該不會，今天葛東桌上的那封信是妳寫的吧？」

友諒將最近發生的事情聯繫起來，特別是之前葛東曾經說過那是打工前輩給他的注意事項……這個打工的前輩不就是陽曇嘛！

「你看到了嗎？說起來，新的工讀生是有在下課的時候來找我，是不是被他發現了什麼……」

望著這樣敘述個不停的陽曇，友諒有些傻眼的問道：「妳該不會忘記了吧？」

「忘記什麼？」陽曇一臉不解的反問著。

「葛東，妳該不會把這個人忘記了吧？」友諒感覺有些頭疼，他們可不是只見過一面的交情。

陽曇擺出了一副「這還用說」的表情，哼道：「怎麼可能！他昨天才來的耶，我又不是健忘的人！」

「妳果然忘記了啊……」友諒嘆了一口氣，說道：「葛東啊，我曾經帶他到家裡玩過，妳也見過他的臉啊！」

「我見過他！？」陽曇臉上的表情並非作假，而是真正的在驚訝著。

「雖然那傢伙是大眾臉了一點，但不至於毫無印象吧……」友諒無情的腹誹著自己的友人，但想起那雙並肩而行的身影，又不禁心裡一酸，有氣無力的向陽曇說起了他們相識的經過。

「算了，那種記不住的傢伙也不用記住！」陽曇無情的判了記憶中的某人死刑，抬起頭來說道：「阿諒，你發揮作用的時候到了，快說說他們平常在班上是怎樣的？」

「他們平常在班上……呃，葛東感覺起來跟我差不多，只是稍微正經一些吧，至於班長……」友諒想了想，開始稱讚起艾莉恩來。

其實褒美艾莉恩並不是他的本意，但艾莉恩擁有很強的模擬能力，而她在此前的人生中，一直是模擬著師長口中的好孩子，如此漸漸排除所有在人類眼中是缺點的行為，去執行人類眼中是優點的行為……到了今天，只要一談起艾莉恩，就會無可避免的像是不斷在讚揚她。

當然，他們不知道這點，所以在他們的眼中，艾莉恩簡直完美到像是不應該存在似的。

「她真的有這麼好？」陽曇聽著一個又一個的優點，眉頭忍不住豎了起來。

「只有我不知道的優點，沒有說得出來的缺點。」友諒一攤手，最後用這句話作為總結。

當友諒的語音落盡，休息室內陷入一片沉默，友諒是因為要說的都說完了，而陽曇則是因為不熟悉的關係，就算想反駁也不知從哪裡開始。

然後，他們的目光不自覺的投向了大叔店長。

「既然有這麼強的對手出現，我們再繼續沉默就不太明智了。」大叔店長隱藏在陰影下的雙眼，噴發出了熊熊的光，不容置疑的說道：「就這個週日，我們將進行首次的征服活動，讓那些新來的傢伙們知道，這裡是誰的地盤！」

「噢！」

「噢……」

陽曇與友諒的幹勁分別如呼聲顯示。

夜，更深了。

※　※◆※　※

今天是週六，原本是可以放鬆的日子，但葛東開始了打工，雖說咖啡廳是中午才開門，但作為開店前的準備，他十一點就得去店裡幫忙。

但是在他悠哉的嚼著早餐的吐司時，卻收到了一封奇怪的簡訊。

「您向柢山完全中學圖書館借的書已經逾期了，若是未在本週內歸還，將取消您的借書證。」

看似很正常的通知簡訊，但奇怪的點在於葛東並沒有去借書。

借書證是跟學生證一起發下來的，所有的學生都會有，但是柢山高中的圖書館裡沒有娛樂小說，都是些能被奉為世界名著的大部頭，或是沉重到不行的俄國紀實文學之類的書籍，因此葛東根本沒有去過圖書館。

「本週的話，不就只剩下今天了嗎？」

葛東望了一眼日曆，禮拜天是一週的開始，所以週六就是本週的最後一天了。

他試著回覆說明自己並沒有借書，可手機裡卻總是顯示發送失敗的提示。雖然不知道借書證被取消會有什麼後果，但葛東並不打算為自己沒做的事情受到處罰，他看時間還早，在自己的房間翻找了半天，將發下來後就擺在一邊的借書證找出來，然後踏上了前往學校的路途。

柢山高中圖書館週末是有開放的，認真唸書的學生會在假日利用圖書館，所以葛東並不需要特別說明什麼就能進去。

一進圖書館，一股靜謐的氣氛就將他包圍了起來，這大概就是圖書館特有的味道，好像要將聲音封鎖在建築外頭似的。

即使放輕了腳步，學生皮鞋踏在水磨石地面上的聲響依然無法消除。或許是因為假日的關係，圖書館那長長的櫃檯前只坐了一個人，葛東在走近的過程中觀察了一番，應該是個一年級的學妹。

學妹剪著一頭清爽的短髮，臉上掛著眼鏡，纖細的肩膀與背脊輕微的垮著，正低著臉在看她自己的書，光從外表上看是個跟圖書館非常搭配的女孩子。

「不好意思。」因為這裡只有她一個人在，葛東很自然的坐到她面前，拿出了借書證遞過去，說道：「我收到了我借書逾期的訊息，但我並沒有在這裡借過書，是不是什麼地方弄錯了呢？」

聽到他的聲音，眼鏡學妹抬起頭來，從那樸素眼鏡後頭透過來的無機質視線，令葛東忍不住打了個寒顫。

「葛東學長，那封簡訊是我擅自寄的，你並沒有逾期的書。」眼鏡學妹將借書證推回去，說道：「我有一些關於艾莉恩學姐的事情，想跟學長商量一下。」

「跟我……商量班長的事情？」葛東對這突來的事件摸不著頭腦，唯一可以確認的就只有自己的借書證不會被取消了。

眼鏡學妹絲毫沒有因為葛東的稱呼而迷糊，她輕輕的點了下頭，回答道：「是的，艾莉恩學姐給學長見識過她的本領了，所以我來確認一下學長的想法。」

「……妳是什麼人？」葛東提高了警戒心，因為她說到了艾莉恩的本領。

雖然說已經同班了一年，對完美超人艾莉恩所達到的各項成就望塵莫及，但印象最深刻的，果然還是她將手臂化成鐮刀的那一幕。

那次是在學校裡面變的，莫非被她看到了嗎？

可是她看起來似乎不是很驚訝……不，不如說是異常的冷靜，好像在談論的是很普通的事情一樣。

「我叫賴蓓芮，學長可以隨自己的喜好稱呼我。」

眼鏡學妹自報了名字，隨即又拉開櫃檯的出入口，邀請他進去的意思再明顯不過。

「可以嗎？」

「沒關係，假日只有我在值班，讓朋友過來陪我，是已經獲得教師許可的了。」賴蓓芮先是讓他放下心，接著又加上了籌碼道：「況且，學長應該也想知道艾莉恩學姐的情況吧？」

望著已經打開的櫃檯出入口，葛東猶豫了半晌，最後還是鑽了進去。

圖書館的櫃檯內比外頭多出一個臺階的高度，放著電腦和消磁機，還有一些他不認識的電器，會認識消磁機還是看朋友借書的時候用上了才知道的。

總之，這不是什麼重要的事。

剛見面的賴蓓芮和葛東坐到了稍微離開櫃檯的位置，是個可以避開旁人耳目，但如果有人要來櫃檯辦事的話也可以馬上回去的恰當位置。

一坐下，葛東才注意到對方很嬌小，先前因為兩邊的高度差而忽略了。

當葛東還在觀察的時候，賴蓓芮直接了當的開口道：「我也是外星人。」

「什麼？」葛東一時無法反應過來，因為這太過直接了。

「我也是外星人，證據的話……」賴蓓芮露出好像在思考的模樣，然後舉起右手，將食指伸到他面前。

「是這樣嗎……」

葛東猶豫了一會兒，也跟著伸出了食指，就像某部經典電影一般，兩人指尖相對。

「也是可以的。」

賴蓓芮眼中一瞬間有光點流過，然後葛東就感到了指尖傳來一股刺痛感。一閃而逝，但那股刺痛感卻深入神經，簡直就像是被輕微電擊了一般……葛東不由自主的縮回了手。

「就是電擊，我已經減輕出力了，學長受傷的可能性是零。」賴蓓芮慢慢地放下手，說道：「這樣的證明足夠了嗎？或是需要更加直接的證據？」

「不……我想這樣就足夠了。」葛督覺得自己的神經耐受度提高了很多，即使有個充滿知性的圖書館學妹自曝是外星人，似乎也沒有多麼驚訝了。

稍微平復一下錯愕的心情，他開口問道：「所以妳特地發簡訊把我……找來，是打算做什麼呢？」

「因為有溝通的必要。」賴蓓芮從自己胸前的口袋中，抽出了一張摺疊起來的紙遞向葛東。

葛東接了過來，那上頭還隱約帶著少女的餘溫，為了掩飾心中一瞬間浮起的念頭，他迅速的將之攤了開來。

那是一張標準的Ａ４紙，上頭印著硬邦邦的新細明體，條列式的寫著一些什麼——

一、依照音譯，我們是特雷尼人。

二、我在此地的任務是，監視艾莉恩。

三……

十、地球有外星生命管理局，全稱Extraterrestrial Life Authority，簡稱ＥＬＡ，若是有需要可以找他們協助，電話是……

如此大約有十條，其實重點只有前兩條和最後一條，後面只是把前兩條更加仔細的介紹清楚而已。

「監視艾莉恩？」葛東當然不會忽略這麼重要的訊息。事實上，他在看到第二條的時候就抬起了頭來。

賴蓓芮點了點頭，用與她形象很符合的輕聲細語解釋道：「是的，學長也發現了艾莉恩學姐的實態，她是具有相當侵略性的種族，一旦成年就擁有大量繁殖的能力，不小心就會被她毀滅星系，所以我才被派駐到這裡進行監視。」

「毀滅星系……艾莉恩能做到這種程度嗎？」葛東再次驚訝，儘管已經見識過一部分，但毀滅星系什麼的……這可不是那麼容易的事情吧？

不過大量繁殖的能力……昨天正好聽說了，葛東無法確定這是巧合，或是她用某種方式知道了之後，才加進說詞裡的。

「如果單純只是侵略的話，以人類目前的科技程度足以消滅艾莉恩學姐，但人類目前不具有快速檢測出她的科技，只要學姐模擬成人類的樣子進行滲透，可以輕易破壞人類的指揮系統，或是變成他人的樣貌進行混淆，人類要擊敗她很簡單，但要消滅她卻很困難。」

賴蓓芮的話勾起了回憶，葛東就有經歷過艾莉恩變成自己的樣子去面試什麼的……不好的回憶只有在這種時候特別清晰！

「好吧，所以妳特地找我過來，就是為了將這些危險告訴我嗎？」葛東嘆了口氣，他多少能理解對方的用意了。

「因為艾莉恩學姐突然對學長展現出實態，所以我進行了調查……」

賴蓓芮又摸索起胸前的口袋，但這次她所拿出來的，則是葛東感到很眼熟的東西。又是調查！而且是他的作文簿！

姑且不論她是怎麼弄到手的，但作文簿絕對不是能放進胸前口袋的東西吧！

「是物質壓縮技術。」

也許是看出了他的震驚，賴蓓芮很體貼的解釋了一句。

「好吧，外星人擁有高科技也是固定要素了……」葛東無奈的嘆了口氣，無言的望著賴蓓芮等她發問。

賴蓓芮沒有辜負他的等待，隨手就翻到了那一頁，指著標題問道：「這上面寫的是認真的嗎？」

「是胡寫的……妳倒是沒有一開始就認定這是真心的嘛？」葛東再次嘆息，不過好歹對方沒有就這麼傻傻的相信，然後要逮捕他這個頭目。

「因為人類是個擅長欺騙的種族，假如把人類所說的話全部當真，我們恐怕已經躺在研究室裡被切片了吧。」

賴蓓芮臉色不變的說出了彷彿在指責般的話，但作為人類的葛東卻無法做出反駁，只能弱弱的糾正道：「我想不會的，越是珍貴的樣本越不會被切片……」

「是這樣嗎？看來連這條也是不可信的呢。」賴蓓芮眼中又有光點流過，隨即又說道：「總之，我特地找學長過來，除了確認學長的真正動機以外，還有學長陪艾莉恩學姐玩的時候，假如出了什麼難以處理的事情，也許我會需要學長的協助，所以提前來打招呼了。」

「這樣聽起來似乎我才是受到幫助的那邊啊……」

「我們這邊很清楚，學長是沒辦法拒絕的。」

「這種說法……」

這種說法不就是……他是被威脅著去征服世界一樣嗎？

雖然在大前提上並不算錯，可是葛東並不覺得艾莉恩是那麼危險的傢伙。

畢竟直到現在為止，她都還是很理智的聽取了建議，也沒有表露出嗜血凶殘的一面，也許就跟賴蓓芮所形容的那樣，只是在玩而已……

「說起來，妳也是擅長變形的外星人嗎？看起來跟我們沒有區別呢……」葛東眼看話題已經走到盡頭，似乎沒有更重要的事情要說明，於是問了起來。

「並不是這樣，學長現在看到的是我們所製造出來的人型終端……按照人類的習慣，應該說是搭載型機器人吧。」賴蓓芮再度伸出了食指，隱隱約約似乎可以看到頂端有電光閃動。

「搭載型……機器人？」葛東的尾音雖然往上提高了，但他的本意並不是詢問而是驚訝。

——搭載型的意思就是……裡面有人？

「學長好像明白了呢，就是你所想的那樣，但是很抱歉無法讓你看裡面……」

「不，不需要……」葛東已經受夠了強烈的衝擊，為了改變這個氣氛，他口不擇言的說道：「照理來說，妳不是應該若無其事的混入我們之間，扮演好一個無口角色，等培養了足夠的感情再來跟我爆料嗎？為什麼是這麼平淡無奇的叫我出來，然後就把一切坦白了？」

「來不及，我是一年級的，平常的活動跟學長沒有交集；要一起打工的話，因為艾莉恩學姐決定得太快了，現在他們人手夠了就不招人了。」賴蓓芮扳著指頭，一項一項的解釋給他聽。

所以擔心出問題就趕緊找上門來了嗎……不過這樣似乎比較好，要是照他剛才說的方法，突然認識的朋友說自己是外星人，恐怕也不是那麼快就能相信吧。

雖然還有很多想問的事情，但打工的時間快到了，艾莉恩已經發來提醒時間的簡訊，葛東不得不暫停交談的欲望。

「如果我要找妳……」

「請打這支電話。」

於是葛東收到了另一張紙，大大的Ａ４紙上只寫了一行電話號碼和她的名字，葛東無言的拿出手機輸入之後，將紙還給她道：「不要這麼浪費地球的資源啊！」

「不用擔心，我會好好將它回收的。」賴蓓芮就如她所言的一般，將這張Ａ４放入了寫著「回收」兩個大字的紙箱裡。

不過，葛東在輸入外星人學妹名字的時候，赫然發現了一件事。

「妳的名字，該不會是圖書館的音譯吧？」

「是的，因為我會一直待在這裡，這個外型也是按照人類印象中，最適合圖書館的高中女孩來設計的。」

葛東想起了班長的名字也是這麼取的，他忍不住抱怨道：「妳們怎麼一個個都這樣，就不能認真一點想自己的名字嗎？這樣我要叫妳『圖書館』了喔！」

「如果這樣能方便學長記住的話，也是可以的。」圖書館這麼平靜的說道。

第五章 擒賊先擒王是邪惡組織戰爭的常識。

結束了與圖書館外星人的對話後，葛東趕往ＶＩＣＩ咖啡，不過想想也挺奇妙的，艾莉恩會擔心他在上學途中遭到襲擊，卻沒有想到去打工的途中也會被襲擊，因為當他抵達的時候，艾莉恩已經換好制服正在準備開店工作，完全沒有擔心的樣子。

「早……不對，現在該說午安了吧。」葛東匆匆打了聲招呼，就去後頭換衣服。

但是，早上聽了那番話後，他看向艾莉恩的目光卻完全不同了。

那個被自己的作文所感動，決心要跟他一起征服世界的艾莉恩，在另一個外星人的眼中只是在玩。

有注意到圖書館當時是怎麼說的嗎？

假如在陪艾莉恩玩的時候，出了什麼難以解決的問題……

竟然被看輕至此啊，艾莉恩……

因為這個緣故，葛東的情緒稍微有些低落，這種感覺很奇妙，明明是被牽扯進去的，但正在進行的事情被人貶低，也不由自主的感同身受。

拜此所賜，葛東好不容易熟悉了一些的工作，又出了一些不應該的失誤。

彷彿與葛東的失落相映照，今天陽曇的心情很好，大叔店長的心情也很好，這點從廚房端出來的盤子就能察覺，因為餐點的分量都比前兩天多上許多，本來葛東猜想這該不會是所謂的假日特賣？不過在詢問之後，大叔店長表示他們沒有這類活動。

看著大叔店長一邊哼著歌，一邊猛往鍋子裡下義大利麵的背影，葛東也只能找到「他的心情」很好這種答案了。

至於陽曇，她則是在那營業用的笑容中多了幾分發自內心的笑意，雖然不是很明顯，但是作為認識她也有一段時間的葛東能分得出來。

中午開店那段時間的客潮忙完以後，店裡換上了一批來打發時間的顧客，大叔店長的主戰場也從火爐轉到了咖啡壺前。

開始打工後，葛東也悄悄調查了一下這家店的評價，最常見的是餐點普通但咖啡很棒，不過葛東在這邊只吃了兩次員工餐，還沒有機會喝到咖啡。

第一次打全天班的工，葛東不知道是否是心情的因素，總覺得時間過得很慢，加上服務生禁止在外場聊天，只能簡短交流一、兩句工作上的事情，他又必須待在外場不能進入後場，這一切都讓時間體感變得更加漫長。

「下班後先別急著走，我有事情要跟你說。」

在某次將餐具收回後場的時候，端著咖啡迎面而來的艾莉恩腳步不停的丟下這麼一句話。

葛東低頭一看，他們現在所處的範圍是後場，真不愧是守規矩的資優生……

奇怪的是，自從艾莉恩說下班有事之後，時間的轉動突然就變快了，圖書館跟他說的那些好像就可以拋在腦後了。

好不容易結束了這天的打工，葛東身心俱疲的離開了店裡，與艾莉恩一起走在回家的路上，葛東一時之間有股將圖書館的事情告訴她的衝動！

「葛東，我想過了。」艾莉恩在他之前先開了口，於是葛東只好按捺下衝動，聽她說道：「我們不能光是這樣打工賺錢，還應該先做一些不需要金錢的前期作業。」

「不需要金錢的前期作業……比如像是？」葛東有種不好的預感。

「我們應該先找到有共同目標的夥伴，然後是能在未來的鬥爭中派上用場的人，將他們吸收進來以壯大我們的實力。」艾莉恩提出了一條，假如葛東真的要征服世界就無法拒絕的提議。

「妳打算怎麼做？」

「學生會會長的選舉，從禮拜一開始報名。」

艾莉恩望著葛東，眼中的意思非常清楚，就是要叫他去選學生會會長。

雖然說學生會會長是自由選舉，但有個規矩是一班最多只能有一人出來選，如果有複數人選，便要先進行班級投票；如果只有一個人，則要進行信任投票，得票率要超過百分之五十才算通過……

如果是其他班級，任何一個學生說他想參選學生會會長，恐怕都能很順利地通過信任投票，因為想當學生會會長的傢伙，一班有一個都嫌太多了，就算是看在同學的面子上，也不可能通不過。

但是二年二班不同。

二年二班有艾莉恩，高中生層級的學生會會長選舉，比起選賢與能的本意來說，更像是人氣投票，能讓班上同學全心全意支持的就只有她，除了她以外的人要出來選，最先被問到的必將是：班長不選嗎？

即使在這種情況下出來選學生會會長，恐怕連自己班級的票也未必能全部拿到，這在選舉中可是致命傷。

因此在葛東猶猶豫豫的，將自己想到的問題對艾莉恩說了之後，她倒是也能理解這個困境。

「既然這樣的話，不如就由班長來選……」

「不行、這是不行的，必須是你才可以。」艾莉恩反對的態度非常強烈，不等葛東再說什麼，便接著說道：「要征服世界的是你，如果讓我去當學生會會長，在學生時期所招收的新人，可能會以為我才是領導者，這對我們的未來發展很不利。」

其實那樣也沒什麼不好吧……葛東很明智的把這句話留在內心。

「明天，中午的時候我們在學校碰個面，商量一下該怎麼讓你選上學生會會長。今天是第一次全天工作,一定很累了,回去早點睡吧。」艾莉恩匆匆說完就扔下葛東,自己一個人離開了。

……真的是扔下,因為她是全力衝刺而去的。

作為完美模擬的資優生,艾莉恩連體育也是資優生等級,當她全力衝刺起來,葛東望塵莫及,只能看著她的背影迅速消失在夜色中。

所以好吧,他又多了一項任務,明天中午的時候去學校跟艾莉恩碰面。

※ ※◆※ ※

葛東渾身疲倦的回到家,渾身疲倦的睡了,隔天一早又渾身疲倦的醒來。

雖然在難得的休息日想多睡一點,但打工後的疲倦使他早眠,早睡自然就會早起,因此即使在禮拜天,他還是在平常準備要上學的時候醒來了。

即使想再休息一下也做不到,東摸摸西摸摸的感覺好像過了很久,他抬頭一看卻發現秒針都還沒轉過一圈。

「超級在意啊，中午跟艾莉恩的碰面……」

葛東明白知道自己坐立不安的理由後，他嘆了口氣，收拾一下跟妹妹說了有事要去學校之後，在妹妹一臉「這傢伙什麼時候如此認真」的表情中出發了。

現在出門到學校太早，不過葛東也是有著自己的打算，昨天和圖書館聊得有些不清不楚，這次到中午之前就有很多時間，足以把所有話都說個明白了！

但是，這個簡單的願望沒有實現，才剛走出自己家的那條巷子，他就遭到了襲擊！

不是意外事故，而是襲擊。

任誰在街上看到兩個穿著緊身衣、臉上套著奇怪的面罩，手上又揮舞著加工球棒的傢伙，都不會覺得這是什麼好人，所以當這兩個傢伙筆直朝著自己過來的時候，葛東下意識地轉身就逃！

葛東對體力並不自信，他不是一個喜歡運動的傢伙，就算一時因為緊張而表現出了強大的爆發力，但隨之而來的就是體力迅速枯竭……

換言之，他缺乏耐力。

但他被追上的原因並不是體力的問題，而是因為在轉角後冒出來的另一個緊身衣蒙面人。那人手上拿著一個大布袋，躲在轉角邊上等葛東跑過去後，手上的大布袋立即朝他罩了下來！

葛東猝不及防完全中招，而且他在奔跑中，被這麼一蓋頓時失去平衡，雙手胡亂在空氣中抓了幾把，什麼也沒碰到就重重摔在地上！

「唔喔！」

背部受到撞擊，好在腦袋沒有碰地，葛東腦袋中一時之間空白一片，雖然愣愣的感覺到有什麼東西纏上了自己的身體，但卻無法會意過來這代表什麼意思。

等他取回思考能力的時候，才發現自己已經被膠帶牢牢的捆綁了起來！

然後他被推擁著，好像被塞進了小貨車裡，他聽見了汽車的關門聲，以及那跟一般自小客車不太一樣的引擎聲。

「是他嗎？」

「我可以確定。」

「但是……有點弱啊，他是首領嗎？會不會有哪裡搞錯了？」

「不會錯的，雖然觀察的時間比較短，但確實都是以他為首領……」

像這樣的竊竊私語傳入葛東耳中，雖然只是短短的幾句話，但他聽到的不同口音就有三個人，兩男一女，而且不知道為什麼，總覺得他們的聲音很耳熟……

不過，即使知道了這些也無濟於事，葛東上半身被布袋套著，身上還被捆了膠帶，或許是還需要他自己走路的關係，所以雙腳是自由的，可是看不到路也派不上用場。

感受著從身體下方傳來的震動，從那和緩的震動方式，多少可以判斷出現在車速並不快，以一群綁架犯來說還真是沉穩……果然還是不行！

葛東想要冷靜下來的打算落空了，儘管試著分析周圍的情況來取得有利情報，但他卻不是遭遇危機依然能冷靜思考的類型。

車子開了一陣子，然後出現了明顯是在停車的動作與聲響，葛東猶豫著要不要大叫引起旁人的注意，但是這麼做的不確定性太高，被他自己否決了。

在那些緊身衣蒙面人的推攘下，葛東跌跌撞撞的進了一棟建築，又跌跌撞撞的上了樓梯，在聽到關門聲之後，他身上的膠帶就被切開了，那冰冷的金屬刀具接觸到他皮膚的時候，葛東不由得起了一陣雞皮疙瘩。

稍微等了一會兒，確定那些緊身衣蒙面人不再對他有別的動作後，葛東慢吞吞的掀起了布袋，並把還黏在手臂上的膠帶碎片撕下。

迅速向四周張望了一下，這是一個看起來十分簡陋的房間……說是十分簡陋似乎還有些盛讚了，應該要說是破爛才比較恰當。窗戶都用木板封死，牆面的油漆斑駁得不成模樣，露出底下老舊的水泥，坑坑窪窪的就連一部分水泥都剝落了，隱隱約約可以見到鏽成紅色的鋼筋。

而在那扇敞開著的門前，站著將他綁架過來的三個緊身衣蒙面人。

兩男一女，其中一個男的比較瘦，光從體型上看不出什麼特徵，穿戴的也是毫無特色的黑色緊身衣與黑色面罩，緊身衣下好像又多穿了些什麼，肩膀與胸口處有不自然的突起，在面罩邊緣露出了些許的金色頭髮。

另一個男性就有特色得多，身材高大且筋肉糾結，身上的緊身衣不是單純的黑色，更像是一種非常非常深的紅色，而他的面罩則多了些裝飾，額頭上還貼著一個大大的金色L字，看起來似乎是首領的樣子。

至於剩下的女性……就是那個埋伏在轉角蓋他布袋的傢伙，因為葛東能確定自己沒有在一開始的時候見到她。

女性的緊身衣……不，也許不能稱呼那是緊身衣，更有些像自行修改過的泳裝，不但手腳完全暴露出來，腰部的地方也敞露出整個腹部，領口往下拉到近乎極限……同時她也有著不令這套衣裝委屈的魔鬼身材，那深邃的山谷彷彿能將人的靈魂都吸進去似的！

而她的面罩也是造型最豐富的，一張將臉部上半全都遮住的眼部面具，上頭裝飾著華麗的白羽毛，嘴唇擦了豔紅色的口紅，如果在燈光昏暗、播放著音樂的房間看到，肯定是令人心跳不已的一幕。

但是很可惜，這是綁架犯不知如何發現的破棄空屋，葛東在此心跳不已的理由已經完全不一樣了！

「你們是誰？為什麼把我帶到這裡來？」葛東大著膽子向他們問話。

「我們是……VICI團，是為了征服世界的野心而聚集在一起的夥伴！」

回答的工作是站在中間的那個肌肉緊身衣大叔，果然他的聲音好像在哪裡聽過！

但是，比起對方的聲音，其內容更加值得吃驚。

「征服世界……難道……」葛東瞪大了眼睛，不敢置信的緊盯著肌肉大叔。

該怎麼說呢？

葛東沒想過，從來沒想過原來打算征服世界的不僅只有艾莉恩一個，眼前這些傢伙竟然也有著同樣的想法！

「同樣擁有打算征服世界的目的，我們可以算是敵人啊！」肌肉大叔上上下下將葛東打量了好一番，才評價似的說道：「不過，作為首領卻毫無防備的四處亂走，你們這個組織完全沒有未來可言！」

葛東啞口無言，雖然並不是被對方的理論所壓倒，但外在的表現就是啞口無言，這使得肌肉大叔的判斷出現了些許的失誤，以為葛東被他震住了。

「那麼，這邊有兩條路給你選，一條是將你的組織加入我們，另一條則是解散組織，從此放棄征服世界的想法。你打算怎麼選擇呢？」

肌肉大叔露出了笑容……應該是在笑吧，因為被面罩遮住了，所以葛東不敢確定。

或許因為這些天來連續遇到各種離奇事件，葛東這時的腦子異常清醒，如果這個問題讓他自己來回答，肯定是千百個願意解散組織，但事實是葛東並沒有多少決定權。

艾莉恩說要幫他，這做到了連決定都在幫他的程度，無論是打工還是選舉學生會會長，真正在做決定的人都是她。

即使葛東在這裡承諾了第二個條件也是沒用的，就算他表面上停止了活動，艾莉恩也不會停止，那麼這些把他當成敵對組織首領的ＶＩＣＩ團，也只會以為他暗渡陳倉，再次找上門來也是遲早的事。而當ＶＩＣＩ團知道自己被欺騙了，他可不敢保證他們會做出什麼來！

所以，在這種時候，正確的回答只有一個！

「我拒絕，這兩條路我都不會選！」葛東拒絕以後，隨意的往地上一坐，似乎有些任君處置的豪氣。

「好小子，我現在倒是有些相信你是首領了。」肌肉大叔的聲音中透露出欣慰，征服世界的過程中，就得有這樣的對手才有意思。

「先關上一陣子，好好看著他，戰鬥員。」

肌肉大叔招呼了一聲後，就和旁邊的女性退出去了，而他口中的戰鬥員，很明顯就是唯一留下來的傢伙。

那個被叫成戰鬥員的人，很是遲疑的朝葛東望了兩眼，但是最後什麼卻也沒說的退出去，關上門後傳來明顯的上鎖聲。

這時盤坐在地的葛東才放鬆了背脊，他拒絕對方已經是用足了勇氣，在沒人看到的時候稍微不那麼堅持也是可以的吧？

葛東的手機和皮夾，在推推攘攘進入這裡的時候被收走了，他摸了摸身上，就只剩下口袋裡有一些零錢，其他什麼都沒有了。

「無計可施……了嗎？」葛東又去檢查了那扇用木板釘住的窗戶，其堅固度不是空手能夠破開的，他一邊透過那些許的縫隙觀察外頭，一邊自言自語的說道：「不知道班長什麼時候會發現……」

葛東之所以有勇氣拒絕對方，除了前頭所說的逼不得已之外，對於艾莉恩的信賴也是一個關鍵。

艾莉恩連上學都要來接人，說是擔心他受到襲擊，現在他真的受到了襲擊，最多等到中午，她就會發現了。

雖然發現艾莉恩的真相時感覺到了恐懼，然而一旦真的遇到狀況，需要她來拯救時，那股奇妙的安心感真是令人感到悲傷。

「真是沒用啊……我。」葛東嘆了一口氣，又坐回原本那個「任君處置」的位置。

「葛東……」

或許是聽到房間裡的動靜緩和下來了，門口傳來了那個戰鬥員的聲音。

「什麼事？」葛東沒好氣的問道。

「那個……其實是我啦。」房門開了一半，那個戰鬥員探頭進來，但臉上的面罩卻已經拿掉了。

那染成金色的頭髮，那顯得輕佻的五官，還有那聽起來十分耳熟的聲音……

「友諒？」葛東不敢置信的望著自己的朋友，這可是他從小學就開始認識的傢伙啊！

「是啊，那個啥……抱歉啊！沒有提前跟你說一聲，我也是身不由己……」友諒表情赧然，他看了一眼葛東的臉色，匆匆說道：「不過你不用擔心，他們不會隨便傷害你的，這點我可以保證！」

葛東腦子裡混亂了一陣之後，彷彿接受了現實般嘆了口氣，問道：「好吧，所以你在這裡當那個什麼……戰鬥員？他們說要征服世界是認真的嗎？」

「我本來以為他們是說著玩的，沒想到現在看起來挺認真的，不過這是他們第一次換上戰鬥服呢……啊，就是這身。」友諒挺了挺胸，讓他看清楚自己身上的衣服，又問道：「不過他們說你也要征服世界，所以才把你當成了敵人，這是怎麼回事？」

葛東抓了抓腦袋，想要解釋又不知道怎麼開口才好，最後只好再嘆了一口氣，含糊的回答：「大概跟你差不多吧……」

本來以為友諒會追問幾句，不料他彷彿很贊同似的點了點頭，說道：「就是就是，難道現在流行征服世界嗎？一個一個都這麼說著，你看連綁架都做出來了！」

「對了，你好像是戰鬥員，莫非他們的勢力很大嗎？」葛東對此頗是心有戚戚焉，他不由得關心起自己的友人來。

「一點也不大，戰鬥員只有我一個而已，幹部比基層人員還多吶！」友諒絲毫沒有保密的念頭，說道：「你看到的這些人，就是全部了！」

「……即使如此，也比我這邊多了一個人吶。」

「……你那邊只有兩個？」

兩個傢伙彼此大眼瞪小眼，心裡都很替對方感到可憐，卻不知道在對方眼中，自己才是被可憐的對象！

這麼互望一陣，友諒又想起另外一件事情說道：「還有啊，你今天出門是有什麼事要做嗎?如果很急的話我去幫你辦了,現在看起來他們一時半會兒的不會放你走。」

「我今天出門……現在幾點了?」

友諒掏出手機一看,答道:「快中午了。」

「那就不用了。」葛東出門的理由是跟艾莉恩約好了,現在的話,她應該已經發現自己失蹤了吧。

想到這裡,葛東覺得應該提醒一下自己的朋友,說道:「等會兒應該會有人來救我,你躲遠一點,不要被牽連進去。」

「是你的另一個同伴嗎?」友諒刻意不提起班長,他不想讓葛東知道自己聽到了他們的談話。

「嗯,她一定會來的。」

「好吧,我會注意的……」

友諒半信半疑的應了,在他的想法中,即使班長過來了又能做什麼呢?就算是擅長運動的班長,也沒辦法打敗那個肌肉大叔吧……

友諒感覺沒什麼要說的了，就又關上門，只是這次葛東發現到，他並沒有將門上鎖。

這是友諒的善意表現，因為夥伴壓力而不得不繼續關著葛東，但不上鎖能讓他的內心好過一些，即便是自我安慰也好，能讓彼此覺得這不是囚禁就足夠了。

在這樣一股沒有說出來的奇妙默契下，十二點到了。

第六章 守護首領是部下的職責。

中午，吃飯時間，綁架了葛東的ＶＩＣＩ團選在一個即將要拆除的大樓裡，這種地方無法自己做飯，所以只好由首領出面去買外食……因為他可以比較無顧忌的換衣服，不像女幹部還要在意會不會被旁人看到。

一時無事的女幹部──她在ＶＩＣＩ團裡的代號是「闇」──上到了二樓，居高臨下的看著路上往來的車輛，美其名說自己是在警戒，實際上只是在發呆打發時間而已。

她那發呆看風景的行為很快就被打斷了，十二點一到，被沒收的葛東手機響了起來。ＶＩＣＩ團留守的闇一看來電顯示是「班長」，隨手選了不接聽後就打算扔著，沒想到很快又是第二通、第三通電話過來，感到煩躁的闇直接關機以對。

從這時開始計算，大約過了五分鐘後，一輛計程車開到這棟舊大樓前，從車上下來一個闇也認識的女人。

不，依照年齡，應該還算是女孩，只是她行走的身姿與氣質，常常會使人忽略了她實際的年齡。

她是艾莉恩，那個新來的打工後輩，大言不慚說要征服世界的傢伙！

闇迅速起身，拾起放在身邊那根釘上了鐵釘的球棒，匆匆來到一樓大門入口，如臨大敵般的瞪著那緩步而來的長髮女孩。

「妳是誰？」艾莉恩來到離大門約六、七步的距離時停下了腳步，上上下下的打量著對方。

「我們是即將要征服世界的ＶＩＣＩ團，我是四天王之一的闇！」闇挺直了背脊，帶起了一陣充滿質量感的搖動。

「是嗎……」艾莉恩面無表情的應了一聲，接著又問道：「那麼葛東在你們手上？」

「反應挺快的嘛……沒錯，你們的首領就在這裡，已經被我們捕獲了！」闇想起那個毫無抵抗就被抓住的傢伙，心中一陣不屑。

「可以把他還給我嗎？」

「不要靠近！」

艾莉恩說著就想上前，卻被闇嚴厲的喝止了。

原本闇見她手無寸鐵，有鐵釘球棒在手的闇自覺勝券在握，但隨著她的靠近，一股危險的氣味不斷飄近，讓她靠近到這個程度已經是極限了！

「直覺很敏銳……但已經太遲了！」艾莉恩猛地向前一跳，六、七步的距離被她一躍而過，堪堪來到闇的面前一拳打出！

她的突擊毫無徵兆，但闇從見到她開始就在戒備，因此很從容不迫的避開了。

兩人交錯而過時，闇緊了緊手中的凶器，但眼中卻閃過一絲遲疑，就這麼一瞬間的猶豫，已經失去了還擊的機會！

艾莉恩落地後又是扭身一撲，彷彿慣性在她身上不存在似的，這次距離更近，闇完全來不及反應，就被她重重地壓在了身上！

闇被撲倒後只覺手腕一痛，手指不自覺的一鬆，那釘滿了鐵釘的凶器被扔飛出去，她模模糊糊睜開眼睛一看，卻發現艾莉恩跨坐在自己胸口上，她的右上臂被膝蓋壓住，只剩下左手可以自由活動。

如果是在格鬥技的擂臺上，一方被如此壓制便只剩下投降一個選擇，因為這個姿勢等於是任人宰割了。

「說吧，葛東在哪裡？」艾莉恩居高臨下，一手壓制住闇唯一能動的左手，另一手則是捏起了拳頭，就在她腦袋上方擺盪著。

「我才不會告訴……」

闇硬氣的拒絕都還沒說完，艾莉恩一拳頭就揮了下來！

「砰！」

一聲不似血肉之軀應有的撞擊聲，艾莉恩的拳頭擦著她的臉頰打在地板上，那碎石彈在臉頰上刺痛不已。

闇扭頭望去，只見地面被砸出一個拳洞，邊緣的龜裂一直延續到她臉頰底下，冰冷冷的黑洞彷彿映照她現在的心情。

「這是警告，我再問一次，葛東在哪裡？」艾莉恩再度舉起了拳頭，威脅的意思不言而喻。

「在……」闇面罩底下的臉色蒼白如紙，雖然當初踏上這條道路的時候就已經有所覺悟了，但事到臨頭卻依然無法做到視死如歸。

「不打算說嗎？」艾莉恩盯著她的眼珠，每個字都冒著寒氣般的說道：「或是不能說？如果葛東已經遇害，那麼我會讓妳品嘗到後悔被生下來的痛苦！」

「不是這樣的，他沒事……只是、只是被關在……」闇被恐懼所擊敗，口齒不清的交代起來。

「二樓嗎？作為告知的酬勞，妳可以繼續生存下去了。」艾莉恩輕輕拍了拍闇的臉頰，那才將地板砸出一個洞的手，竟顯得那麼細柔。

闇的脖子起了一陣雞皮疙瘩，她躺在地上，看著艾莉恩從自己身上離開，頭也不回地往二樓上去了，這才小心翼翼的爬起身來，然後飛快地掏出手機，忙亂的打電話給肌肉大叔！

※　※◆※　※

待在二樓的葛東並沒有聽到那些響動，直到艾莉恩一腳將門踹開之前，他都不知道她已經來了。

「班長！」葛東正盤坐在地上發呆，突來的一腳踹門讓他從發呆中恢復過來，看清楚闖入的對象後，不由得驚喜的叫出聲來。

「葛東，你沒事吧？」艾莉恩三兩步來到他面前，彎下身子開始檢查他的身體。

「沒、沒事的！他們沒有對我使用暴力……」葛東被女孩子的手摸在身上，頗有些不適應的羞臊，趕緊跳起身來，展示自己的健康無虞。

「那就好，我們趕緊離開吧。」艾莉恩點點頭沒有繼續追究，轉身就當先走出了這個房間。

葛東趕忙追上，到了走廊後左右張望一番，卻不見友諒的身影，便問道：「對了，妳是怎麼來的……我是說，有遇到什麼人嗎？」

「遇到了自稱是ＶＩＣＩ團四天王的傢伙，不過已經擊敗了。」

「只有那個嗎？」

「只有那個。」

友諒似乎是把建議聽進去了，自己的朋友逃過一劫，葛東也鬆了一口氣。

這棟雖然是即將要拆除的大樓，但內部並不顯得髒亂，只積了一層薄薄的灰塵，既沒有大型雜物，也沒有破碎玻璃之類的東西，這就是葛東能矇著眼睛上到二樓的關鍵。

葛東跟隨著艾莉恩，很快來到了一樓，但是在一樓的大門前，那個被擊倒後、被放了一馬的闇，又重新撿起鐵釘球棒守在了那裡。

「不會那麼簡單就放棄的！」闇大聲的喊了出來，既是表明心跡，也是為自己打氣。

艾莉恩伸手一攔，止住了就要開口的葛東，她走上前幾步，說道：「真有勇氣，剛剛那樣的教訓還不夠嗎？」

「班長！」葛東不知道先前的對決過程，雖然她說已經擊敗了對方，但眼下看起來不是還好好的嘛！

「沒事的，我很快就解決。」艾莉恩一派輕鬆頭也不回，如果說來的時候還要顧慮他們以葛東作為人質，那麼現在這層顧慮就完全消失了。

「別小看我！我可是很強的，剛才只是、只是措手不及了才這麼容易被打敗的！」

闇發出了比起威嚇，更像是辯解的吼聲，於是她獨自攔在大門口的氣勢，因為這一句話而煙消雲散了。

「那就再打倒一次吧，這次我可不會再給妳機會了。」艾莉恩渾然不當回事的往前走去。

很快，就到了攻擊距離。

兩人已經有過一次短暫的交手，這次闇狠下心來，舉著凶器朝撲來的艾莉恩揮去！

——像人體這麼大的東西，一定很容易擊中吧？

——用鐵釘球棒打在女孩子身上，是不是有些太殘酷了？

——但這也是征服世界過程中不可避免的事情。

在這一瞬間，闇的腦中閃過多個念頭，然而領教過了對方能耐的她，球棒的速度一點也沒有慢下來。

可是，揮空了。

明明是對著人體中央的部分揮出的球棒，卻擦著對方的身體揮空了。

這次艾莉恩連第二次的撲擊都不需要，直接就將闇撲倒，又形成了與先前如出一轍的騎乘壓制式！

然後艾莉恩毫不猶豫的揮拳而下！

「班長！」葛東發出驚慌的大喊，同時人也開始往前跑去。

葛東確實不希望看到艾莉恩使用暴力的畫面，但他發出叫喊，更多是因為從暗處轉出來的那傢伙，那個肌肉大叔！

肌肉大叔接到有人來救葛東的通知電話後趕了回來，但他沒有與闇一起守大門，而是躲在大門位置看不到的暗處，等艾莉恩跟闇糾纏在一起了，才衝出來襲擊！

肌肉大叔沒有武器，只是戴上了拳套，但那龐大身軀所揮出的拳頭極具重量感，而已經被艾莉恩壓制的闇，也在這時反過來抓住了艾莉恩的腳踝，試圖讓這一擊成為決定勝負的一擊！

這一切都發生得很快，眼看著他們好像要成功了的時候，闇卻覺得自己抓住的堅硬骨頭彷彿一瞬間融化掉，那部位變得好像果凍一般滑溜，竟然就這麼從手中溜走。

而肌肉大叔瞄準背部勢在必得的一擊，也被艾莉恩以違反人體工學的姿勢避開了！

「怎麼可能！」肌肉大叔不可置信的大吼一聲，但這無法改變已經發生的事實。

如果艾莉恩是人類的話，她確實不可能避開這樣的配合攻擊，但很可惜的她偏偏不是人類，而是擁有變形能力的外星人。

既然已經暴露，艾莉恩也就乾脆不再隱瞞，雙臂化成觸手狀，分別往闇與那個肌肉大叔捲去！

原本就倒在地上的闇避無可避，倒是肌肉大叔看起來笨重，實際上反應很快，艾莉恩勢在必得的一捲竟然落了空，還被他逼近了葛東！

原本葛東看到有人偷襲，急忙想上前幫手，怎料風雲突變，艾莉恩一眨眼就翻盤了，而他前衝的慣性卻一時停不下來……

肌肉大叔靠近葛東，一伸手就捏住了他的脖子！有艾莉恩的例子在前，他這一下使出了全力，直接把葛東按得往後倒去，後腦撞在地板上，震得眼前一陣陣發黑。

艾莉恩原本還要繼續，但見葛東一下子就被抓住，投鼠忌器之下被迫暫停，只是更加用力的壓緊闇，雖然她只是四天王之一，跟葛東的首領身分不能比較，但起碼也是個人質。

於是，一場短暫而激烈的交手，就以雙方都沒有達成目標，互相俘虜了對方一人作為暫結。

「妳是什麼怪物！」

肌肉大叔可沒有讓葛東休息的好心，他像提小雞似的把葛東抓了起來，擋在自己身前迅速與艾莉恩拉開距離。

艾莉恩這時已經恢復了人類的模樣，也學著肌肉大叔的樣子抓住闇，但卻不回應他的問話。

兩邊之間一時僵持，最後還是被肌肉大叔抓住的葛東擺脫暈眩後，弄明白了他們之間的狀況，這才開口道：「既然是要征服世界，沒有一些準備怎麼可以。」

葛東不是有問必答，他之所以做出回覆，卻是為了自己打算。

這次綁架，讓他明白了所謂征服世界的途中還有ＶＩＣＩ團這樣的敵人，在自己暫且無法從這個漩渦中脫離的情況下，必須做點事情來保證自己的安全。

那麼，最顯而易見的方法就是讓他們覺得自己這方很強，強到不能隨便互相敵對。

「如何？見識了我方的戰力以後，有沒有打算加入我們組織啊？」葛東這時反過來對ＶＩＣＩ團進行招募，這是一步賭注。

葛東並不希望對方答應，這只是一個姿態，因為真正想要征服世界的傢伙就應該有這副模樣。

「不可能，我們打算用自己的雙手來征服世界，可不是怪物的！」肌肉大叔如預期般的拒絕。

「真巧，我們也是這麼打算的。」葛東略微放下心來，朝對面的艾莉恩示意了一下，說道：「那麼我們交換一下俘虜？要知道，願意加入這行業的人可不多呢……」

「好。」肌肉大叔毫不拖泥帶水的答應了。

「好了班長……放開她吧。」葛東口快之下叫出班長，心裡不由得一咯登，但話已出口，只得強裝若無其事。

艾莉恩遲疑了極為短暫的一瞬間，就依照葛東的吩咐，鬆開了抓在闇脖子上的手。肌肉大叔見狀，也遵守信義，將葛東放開了。

葛東和闇各自往自己的同伴跑去，在中央處交錯時，彼此對望了一眼卻沒有做出其他的事情來。

「你沒事吧？」艾莉恩親眼見到葛東後腦著地，後腦可是人體的大弱點，因此她一點也不敢大意。

「剛撞到時暈了一下，現在已經好了。」葛東並非信口開河的安慰她，而是真的感覺不到有什麼不適。

這邊艾莉恩在關心葛東有沒有受傷，另一邊的肌肉大叔與闇卻是馬上走人，他們發現己方的計畫出現誤算，這個新冒出來的團隊並不簡單，竟然有艾莉恩那樣可以變化肢體的存在！

匆匆相遇，沒有達成原本的目標，他們還有很多事情需要商量。

「阿諒……戰鬥員甲呢？」跟肌肉大叔一起離開的闇，突然發現好像少了一個人。

「我已經讓他先回去了，他在這裡也起不到作用。」肌肉大叔坐上了他們開來的車，淡淡解釋了一句。

「嗯……」闇聞言，不再繼續追究某人消失的問題，而是問道：「那個人……艾莉恩她不是人類嗎？」

「不清楚，不知道是像美國英雄那樣的變種人，還是生體改造，又或者是外星人之類的，這些都需要更加詳細的調查。」肌肉大叔一邊開車，一邊將面罩摘下，露出他原本的面貌。

闇也跟著變裝，只不過她卻是往自己身上加衣服，邊套著長袖T恤邊說道：「這些就交給我吧，我跟他們同校，調查起來比較方便。」

肌肉大叔點點頭，又叮嚀道：「調查的時候不要太心急，她表現出來的……可能只有一部分而已，妳在學校，我沒辦法隨時支援。」

「我不會太衝動的，況且在學校還有阿諒支援我。」脫下了戰鬥裝束的闇，恢復了陽曇的模樣。

「那就好。」肌肉大叔在此中斷了談話，轉動方向盤往咖啡廳駛去。

第七章 首領也要努力收集情報。

在對葛東進行簡單的檢查之後，艾莉恩帶他來到學校，而且就坐在圖書館的一樓書報區，位置剛好正對著櫃檯。

望著理所當然似的出現在圖書館櫃檯的外星人學妹，葛東顯得幾分不安。

「葛東，原本今天邀請你是有兩件事的，但現在變成三件了，你想先處理哪一件？」艾莉恩不知道為什麼選擇坐在了葛東的右手邊。

「原本是要討論選舉學生會會長的事情吧？還有ＶＩＣＩ團的事……第三件是什麼？」葛東也覺得應該要好好談一下了，只是問題比想像中的多了一個。

「是補習功課，我已經答應伯母了。」艾莉恩不知從哪裡拿出了課本和筆記。

「這就放到最後吧。」葛東毫不猶豫的這麼安排了。

「那麼首先是學生會會長的選舉，你打算怎麼做呢？」艾莉恩又拿出另一本筆記，從葛東的角度看去，上頭一條條的寫了很多東西，大抵上都是關於學生會會長選舉的各項要點。

「這個也等等。」葛東再度制止了她，說道：「我們應該優先討論的事情是有關於

ＶＩＣＩ團的問題，我們兩個的臉都被看到了，也就是說身分已經被他們知道，既然他們連綁架這種事都做了，不知道下次還會做出什麼事情來……比這些都還要糟糕的問題是，班長的變化也被看到了。」

葛東並非無的放矢，雖然在整個綁架事件中他看似冷靜，但那是被環境逼的，等到被艾莉恩救出來，他才開始感到害怕。

當征服世界不再是一句戲言，而是貨真價實能威脅到自己安危的事情時，葛東對此的用心程度就提升了很多。

雖然還有林友諒可以問，但現在一時輪不到他，只得先進行初步的討論了。

「ＶＩＣＩ團……嗎？」艾莉恩臉色嚴肅了幾分，略做思考後回答道：「身分的問題煩惱也沒用，按照你說的，他們在你家的巷子口埋伏，甚至連地址都已經暴露了，只能由我們這方多加小心。至於我的實態……」

艾莉恩又陷入思考，但沒有多久就輕鬆的說道：「這個就更不用擔心了，樂觀一點考慮的話，可以設想因為他們是征服世界組織，所以跟政府沒有關聯，既然沒有關聯，僅僅依靠私人力量不會是我的對手。」

見艾莉恩如此樂觀，葛東也沒有更好的想法，於是只好問起別的事：「那麼，那些傢伙厲害嗎？」

「他們的首領很厲害，但是那個闇就很普通，如果他們的四天王都是這種程度，那麼只要找到對方的根據地，就能將他們消滅。」

「消滅……」葛東想起友諒，雖然不知道他為什麼混在那裡頭，卻不得不替他著想道：「暫時先不要用那麼激進的方式，對方也是打算征服世界的，說不定可以將他們吸收進來。」

本來以為這是個很普通的提議，但艾莉恩考慮的時間卻比他想像中要久，好半晌才慢吞吞地吐出兩個字：「……好的。」

「妳不同意嗎？」葛東帶著些奇怪的語調問道。

「這是個很好的想法，但我覺得他們不會答應。」

「我們努力一下就是了。」

葛東想著先去找友諒問話，對這個話題不置可否的帶過去了，於是接下來就變成了討論怎麼選舉學生會會長的事情，這需要和艾莉恩緊密的配合，首先要說服自己班上的同學……

諸如此類瑣事，葛東倒是沒有敷衍的意思，畢竟剛剛才有一個打打殺殺的例子，只是學生會會長的選舉根本算不上什麼，倒不如說，能和和平平的選舉真好啊……

因為葛東連報名都還沒有，很多事情無法針對反應，只能簡略的說了些大概，然後就開始了今天的重頭戲——幫他補習功課。

葛東的功課不算好也不算壞，這意思就是不上不下排在中間，他對歷史和地理等背誦科目比較強，對於需要理解的理化和數學就不在行，特別是數學，即使有艾莉恩手把手的教他，關鍵之處卻依然不明白。

再加上他心裡全是ＶＩＣＩ團的事、選舉學生會會長的事、想跟圖書館再詳談一次的事，種種諸事纏繞心中，根本無法全心全意的唸書，這使得效率更加低下了。

「叮咚咚咚～」

隨著悠揚的廣播提示音響起，學校圖書館的閉館時間要到了，葛東頭昏腦脹的和艾莉恩離開了圖書館，臨走前他往櫃檯望了一眼，卻沒在那裡見到某個學妹的身影。

由於VICI團的事，葛東再也不排斥艾莉恩送他回家，只是在自家樓下剛好遇到出門買東西的妹妹，她望了艾莉恩幾眼後，對自己哥哥丟下一句話就跑掉了。

「你朋友來了。」

雖然是沒頭沒腦的一句，但葛東可以猜到來的會是誰，簡單的向艾莉恩告別後，他迅速回到了自己的家。

果然，在自己家裡客廳，正與葛媽說著閒話的，不就是友諒嗎！

「我們家阿東回來了，你們兩個自己去聊吧。」葛媽也是對友諒很熟悉了，畢竟是從小到大的朋友，彼此都去過對方的家裡玩過好多次。

「那就不好意思了。」在葛媽面前，友諒表現得很有禮貌，完全不見平常的輕佻。

來到自己房間，一關上門，葛東立刻就問道：「今天這是怎麼回事？」

「說來話長……這個先還你。」友諒露出苦笑，一邊把葛東的手機、皮包等東西遞了過去。

說來也有些不好意思，葛東脫險之後根本忘記這些東西的存在，恐怕還得明天起床突然找不到才會想起來。

之後友諒開始說起那個ＶＩＣＩ團是怎麼回事。

簡單來說，跟葛東的狀況差不多，只不過他是被艾莉恩誤會了，而友諒則是被陽曇牽連進去的。

「首領……喔，就是那個肌肉大叔，他叫鮑勒，是個中二病延續到今天的傢伙，整天打算征服世界，陽曇去打工，不知道怎麼就被說服加入了，然後把我也叫了進去。」

友諒的語調中不無抱怨，他一開始也是跟他們鬧著玩的，直到今天參與了綁架葛東的行動，他才赫然發現這群傢伙比想像中的認真。

「總之，抱歉哈……」友諒如此真心誠意，反倒弄得葛東不好意思起來，他抓了抓腦袋，決定也對他開誠布公。

「其實，我這邊也一樣要征服世界……」

除了隱瞞艾莉恩是外星種族這一點外，葛東把從那篇作文而開始至今的事情全部交代了。

「班長她……不可能吧！」友諒忍不住喊了起來。

「我也多麼希望這是不可能的事情……」葛東嘆了口氣，他都不記得這是自己今天第幾次嘆氣了。

接下來他們又交換了一些情報，總體來說葛東得到的比較多，因為ＶＩＣＩ團成立得比較久，而他和艾莉恩卻是這個學期才開始的。

在言談中，友諒沒有提及艾莉恩的變化，他好像當時不在現場的樣子，這讓葛東免去了說謊的麻煩。

而葛東在得知ＶＩＣＩ團首領是咖啡店長的時候，也絲毫沒有驚訝的模樣。

因為這根本是明擺著的嘛！

不但體型那麼相似，就連名稱也一模一樣，更別說陽曇那引人注意的巨……的身材，要是這樣還認不出來，葛東才叫做是瞎了眼。

最後，葛東和友諒約好了此後彼此交換消息的約定，並且盡可能的避免彼此衝突。不過，友諒對後面這點很沒自信，因為他在那邊的身分只是個戰鬥員而已，而且還是只有一個人的戰鬥員！

等友諒走了，葛東坐在房間裡發了一會兒呆，又想起要打電話給圖書館，但手機一拿起來才發現，放了一天已經沒電了，於是他只好打消這個念頭，準備明天再說。

反正明天就是禮拜一，上學的日子總有去圖書館的機會。

※　※◆※　※

第二天一大早，葛東在樓下會合了艾莉恩，一路平安無事的來到學校，艾莉恩立刻就去忙了，因為禮拜一的第一節課就是班會，班會上要討論學生會會長選舉的問題，身為班長得跑一趟辦公室才行。

葛東心情複雜的來到自己的座位，很是為等會兒的班會煩惱，他坐下後手往書包裡摸東西，卻感覺好像有什麼從抽屜掉到了自己的大腿上。

低頭一看，一條色彩斑爛的蛇腦袋從抽屜中搭到了他的腿上！

「唔哇！」

葛東受驚之下本能想要跳開，但卻絆到了椅子，於是他誇張的連人帶椅往後倒下，發出了轟然巨響！

這樣的騷動引起了同學們的注意，但在看清楚情況後，一個個忍俊不禁。

「是假蛇啊葛東！」

在同學們的大笑聲中，葛東灰頭土臉的爬起來一看，那玩意兒真的是假蛇，只是著色塗得比較好而已，驟然一看不辨真假，於是出了個大糗。

「是誰在惡作劇！」葛東悻悻然坐回位置上，把假蛇丟給同學們去玩，卻開始猜想這是誰搞的鬼。

不可以用超能力談戀愛
01
南門椅子
ILLUST Flyking
賭上戀愛遊戲之神的戰爭即將開始!
一起來攻略超能力美少女!
典藏閣
華文聯合出版平台 www.book4u.com.tw
采舍國際 www.silkbook.com
不思議工作室_ 立即搜尋
版權所有© Copyright 201

葛東覺得這不像是班上同學們做的，那條假蛇很明顯經過額外的塗裝，不像是一時無聊弄的惡作劇，但說到特地整他，卻又沒有理由。他在班上沒什麼存在感，雖然不算是優點，但也說不上是缺點，至少沒有人會特別討厭他到要特地塗裝假蛇的程度。

假蛇的風波很快過去，隨著上課鈴聲的響起，禮拜一早上的班會要開始了。

班會一開始，就是先問問有沒有學生會會長選舉的自願者。一般而言，在這個時候會出現冷場，大約等個兩、三分鐘沒人自願就算了，接著就說些學校的宣布事項云云。

但是，今天的進程有些不同，在宣布要推出學生會會長的選舉人這件事後，艾莉恩根本嘴不停的接著說道：「我想推薦葛東來當參選人。」

艾莉恩此言一出，原本安安靜靜的教室突然吵鬧起來，說是一片譁然也不為過！

「葛東？」同學們議論紛紛，視線自然而然的向他集中過去。

並不是瞧不起人或者什麼的，而是他在班上本來就沒有那種存在感，就像是遊戲裡一個沒有立繪的角色突然出來擔當重任，儘管有艾莉恩的推薦，但引起種種不信任感也是難免的。

「為什麼不是班長出來選？」

「對啊，如果是班長的話……」

果不其然，說到學生會會長選舉，二年二班不出人則已，要選的話首先想到的就會是艾莉恩。

「如果沒有其他人選，我們就請葛東上來發表一下競選宣言了。」艾莉恩面對這些語言不為所動，只是從講臺上跨開一步，把中央的位置讓了出來。

葛東在同學們好奇的目光中走上講臺，他的所謂競選宣言，是艾莉恩事先就寫好的稿子，借鑑了一些歷史上知名演講，專門挑些煽動人心的臺詞，一點實務也不提……反正提了也沒用，學生會會長只是個代表，根本沒有什麼權力。

策略是正確的，演講的臺詞也寫得很好，問題出在了葛東身上。

葛東沒有一點演講者的氣勢，或是說臺風之類比較無形的東西，他更像是在背誦朗讀似的，雖然沒有一點錯誤，但也沒有激起眾人的反應。

「那麼，作為班長，我會盡力支援葛東的選舉，希望大家也能同心協力。」在葛東之後作總結的艾莉恩，獲得了比當事人更多的掌聲。

雖然同學們沒有惡意，但這簡直是把葛東架在火上烤，好在他是被艾莉恩半強迫似的推出來，本身並沒有太強烈的欲望，就當成是在鍛鍊臉皮了。

在經過迅速的信任投票後，葛東順利成為二年二班的學生會會長候選人，等艾莉恩去交了選舉資料後，葛東得知這屆學生會會長選舉只有一個人跟自己競爭，也就是二選一的情況。

好吧，對手只有一個，雖然也是自願出來選的，好像是學年前五還是前十的資優生，但並不是特別知名……至少葛東沒有聽說過對方，就這點而言或許算得上是半斤八兩。不過，身為資優生的對方天生有著優勢，至少對方的名字是被眾多學生看到過的。

葛東並不打算去仔細調查對方，雖然艾莉恩跟他說了一個名字，但葛東沒兩節課就忘記了。

因為提交資料時間的關係，他是候選人一號，對方是候選人二號。

至於競選方式……沒有那種東西，在葛東的記憶中，一年級時關於學生會會長選舉的印象，就是當天拿到一張投票單子，然後去禮堂排隊投票就完成了，至於單子上的名字聽都沒聽過，他只是看著照片挑順眼的人就蓋了章。

學生會會長的選舉大概就是這樣的東西，葛東一年級的時候也沒有感覺到學生會的存在，因此競選一個不用做事的學生會會長這事，葛東對此毫無壓力。

雖然葛東本身毫無幹勁，不過有艾莉恩在，葛東信心十足，有她助選根本就不可能輸掉嘛！

抱著這樣輕鬆的心情迎來第一節下課，同學們相當好奇他為什麼會突然想要參選學生會會長，關於這個問題葛東早有準備，就用了「想當當看」這種隨便到不行的理由來回答。

奇妙的是，這個理由竟然沒人懷疑。

「這也是理所當然的嘛！誰會沒事這麼無聊去選學生會會長。」

這是友諒告訴他的答案，其他人也是大同小異。

第一節下課就這麼過了，接下來葛東又回到普通的校園生活，同學們沒有再因為學生會會長選舉的事情來問他，只是葛東隱隱約約感覺到投注在他身上的視線多了一些。

第二節下課，已經沒有來問他參與學生會會長理由的同學了，但葛東卻還是感覺到了那道隱隱約約的視線。

第三節下課，同樣如此。

等到中午吃飯的時候，葛東終於忍不住了，他來到教室外頭，朝一直在教室前門探頭探腦的陽曇問道：「妳有要找誰嗎？」

「唔啊，竟然被發現了！」陽曇彷彿很驚訝似的往後跳了一步。

「看到妳這麼驚訝，我反而才要驚訝了啊……」葛東是第二節下課時發現她，這種別班學生在門口張望的樣子是很引人注目的。

特別是在知道她就是四天王之後，在這個班上能吸引她的只有自己和艾莉恩了。

「那個……我只是有點……」陽曇支支吾吾了半晌，卻是連個藉口也想不到。

見她手足無措的模樣，葛東很難將她與昨天那個孤身把守大門的身影連結起來。

「我還有別的事……那，再見！」陽曇眼角瞥見艾莉恩往前門走來，慌亂得連藉口也不找了，匆匆扔下一句話後就逃走了。

雖然她對艾莉恩畏之如虎，但艾莉恩根本沒有注意到她。

艾莉恩是來找葛東的，她拿了一份文件遞過去，說道：「這是學生會會長選舉的注意事項。」

葛東暫且把陽臺的事情放到一邊，接過文件來翻了翻，這份所謂的文件就只有兩張Ａ４紙，上頭記錄著學生會會長選舉的競選期限——兩個禮拜，期間哪些事情可以做，哪些事情不能做，兩個禮拜後的班會上會進行投票，然後將結果送去辦公室做彙整。

簡單看了幾眼禁止事項，不能散發傳單、不能製作旗幟標語、不能在校區內使用播音設備、不能占用課堂時間……

「這根本是叫我們不要進行競選活動的意思吧？」葛東抬起頭，一臉無奈的說道。

他雖然並不是那麼熱心競選，可是被限制到這種程度，還是有種嘆為觀止的感覺。

「不用擔心，只是高中層級的會長選舉，只要對方沒有超出這以上的知識，我們是必勝的。」艾莉恩充滿了信心。

「我並不是擔心，只是覺得說要選舉但是卻什麼也不能做的規定很……不知道該怎麼說。」葛東想了一會兒卻找不到合適的形容詞，最後只好放棄了。

「除了兩個禮拜的準備期以外，還有大朝會上的演講，那個也是重要的關鍵，只要能在那時讓學生們印象深刻，就可以說已經獲勝了。」艾莉恩又拿出了一張演講稿，這是根據他早上的演講內容做了修改，把太嚴肅的地方去掉，增加了一些比較幽默詼諧的部分。

「又要演講啊……」葛東今天早上才體驗過一次不美好的回憶，而下次更是要面對全校學生，這個壓力等級完全不一樣！

「選舉的事情交給我來運作就可以了。另外，我想問你一件事。」艾莉恩大包大攬把所有的工作都捲去，問道：「你有沒有感覺有人在監視我們？」

「那是明擺著的吧？」葛東想起陽曇拙劣的盯人技巧，不被發現才是一件奇怪的事。

「果然是這樣嗎……因為平常就有很多視線會集中在我身上，所以我不太能夠確定是不是被跟蹤了呢！」艾莉恩若無其事的自讚自誇了一番。

不過這也是事實，她所到之處都會引起很高的回頭率。

葛東並沒有把陽曇和闇之間的關係告訴艾莉恩，他暗自擔心著艾莉恩會用暴力手段消除對方。

他很不想看到這種事，他不想看到班長的雙手染上血腥。

抱著這樣的念頭，葛東突然覺得自己不可以再這麼被動了。

第八章 少女！妳有沒有興趣征服世界呢？

人一旦忙碌起來，就會覺得時間過得很快。

在那之後的打工，大叔店長和陽曇看來都沒有特別的異狀，只是陽曇很明顯的在迴避艾莉恩。

除此之外，他們並沒有額外的舉動，ＶＩＣＩ團沒有再次登場，大叔店長也沒有刻意刁難他們，雙方很有默契的不把那些事情帶進店裡來。

至於學校，雖然葛東覺得該跟圖書館再談一次，但奇妙的是他一直找不到機會，明明就是學校的圖書館，卻沒有時間過去。

彷彿一切突然回到什麼都沒發生的時候，除了下課時間都會過來窺視的陽曇以外，葛東度過了既忙碌又普通的兩週，唯一可以說是煩心事的東西，或許是學生會會長選舉了吧。

二號選舉人的手段意外的高明，不知道對方用什麼方式說服了教師們，相當一部分導師會在班會的時候說二號選舉人的好話，這使得葛東的選舉情勢變得相當被動，因為在各種宣傳手段都被禁止的情況下，這就是最強大的宣傳了。

「我盡力了，根據簡單的調查，我們現在的支持度落後大約百分之十五左右，時間已經不夠了，也許……」

艾莉恩露出悔恨的表情，她是採取了口耳相傳的方式，讓與別班熟悉的同學去幫忙宣傳，就效力而言比對方差了很多。

雖然發覺對方的手法以後，艾莉恩也說動了幾名教師協助，但可惜已經慢上許多，當對方的支持率有一定的基礎之後，無形中就會逐漸擴大勢力。

畢竟關於學生會會長選舉的話題談論也隨著時間過去不斷增多，朋友之間難免會問問對方打算投給誰之類的問題。支持率高的人，名字出現的機率就高，那麼原本沒有特別支持誰的傢伙，就有可能因為朋友要投而跟著支持，到底這只是高中層級的選舉，大家都沒有考慮得太多。

「不用這麼傷心吧，畢竟我之前沒有什麼出風頭的時候……」葛東一邊咬著麵包，一邊安慰艾莉恩道：「再說，這次失敗也沒什麼關係，至少我個人的知名度已經提升了一些，對比以前的狀況已經好上很多了，只要情況有所進步不就好了嗎？」

「說得也是，是我太心急了。」艾莉恩抹了抹臉，迅速的吃完便當，然後說道：「但即使如此，該做的事情還是得做。」

於是在艾莉恩的努力下，一轉眼就來到了即將要進行大朝會的那天。

※　※◆※　※

大朝會是禮拜三的早上，特別因為即將到來的學生會會長選舉而召開的，對於大部分的學生來說，這個朝會並沒有特別的意思，只是讓他們減少了早自習，也許還會耽誤到第一節課的時間，如此而已。

這天，葛東比平常要早一些到學校，因為他要先跟艾莉恩稍微對一下演講的稿子。一想到要在全校學生面前演講這件事，就讓他的胃隱隱作痛。

就在葛東剛跨過校門時，那扇應該在上學時分保持暢通的電動鐵門，突然發出轟隆隆的聲響，滑動著要把校門關上！

這種電動鐵門動得很慢，在門線上的學生們忙快走幾步離開危險區，而在外頭的也不打算搶時間，紛紛停下腳步等它重新開啟。

警衛誤觸開關嗎？

葛東轉頭往警衛室望去，卻見到白天應該一直有警衛伯伯駐守的警衛亭，如今卻是空無一人。

不只葛東發現了這點，幾個離得比較近的學生已經走進警衛亭，打算把鐵門打開。然而按鈕失去了作用，任憑他們怎麼按都一動不動。

「葛東！」

校外的人群中，一聲呼喚顯得特別清晰，葛東回頭一看，卻是艾莉恩在叫他。

「班長！」

「這裡發生什麼事了嗎？」

「不知道，好像是校門故障了，沒人動它就自己關起來……」

他們的交談並沒有特別壓低聲量……事實上也做不到，壓低聲量就無法傳遞了，因此圍在校門周圍的學生們都知道了情況。

學校的鐵門一人多高，真要爬也不是爬不過去，只不過從來沒人想過要爬旁邊就是警衛亭的校門罷了。

不過，現在沒有警衛，鐵門一時半會兒又不像是要開的樣子，一名身材高大趕著晨練的運動系少年便打算翻門而過。

「哇啊！」

但，他的手才一碰到鐵門，就發出一聲慘叫，彷彿被彈開一樣的往後倒下！

周圍的學生不明就裡，紛紛後退幾步，在那個運動系少年附近出現了一個大圈。

只有艾莉恩快速上前，彎下身子確認一番後，說道：「你觸電了，但不是很嚴重，應該可以自己起來。」

運動少年皺著臉慢慢坐起來，那是個一年級的新生，因此面對艾莉恩幾乎連話也說不好，只是一再的感謝後，被認識他的學生帶到一邊休息了。

校門關閉並且被通上電，同時警衛也不見人影，一股有什麼事件發生了的氣味縈繞在眾人心中，一時之間只見到各式各樣的手機亮相，紛亂的電波四面八方傳遞出去。

「班長，這是特地設計好的嗎？」葛東看著門裡門外的彼此，不由得想到了某個沉靜了兩週的團體。

「很有可能……總之我先進去吧。」艾莉恩被他一提醒，也想到了那個可能性。

「咦？可是門上通電了……」葛東看了看周圍越來越多的學生，她難道要在這裡暴露那超越人類等級的運動能力？

「我有辦法。」艾莉恩深吸了一口氣，稍微後退了兩步，然後對他說道：「你要接住我喔！」

「什麼？」

葛東不解其意，但艾莉恩不管不顧的用力一踢腳，兩三步就直接起身飛越過來！

那是一個姿態標準的背越式跳高動作，葛東不清楚學校的鐵門有多高，但超過自己腦袋是肯定的！

女子跳高的世界紀錄，是一九八七年，由保加利亞籍選手斯蒂夫卡．科斯塔蒂諾娃所創下的二點零九公尺，這個高度足以越過只有大約一百八十公分高的鐵門還有富餘。

只見艾莉恩輕輕巧巧的越過了鐵門，就連一片裙角也沒沾上，如果她是在參加田徑比賽，肯定是一個完美的跳躍。

但現在不是比賽，這裡不是田徑場，她預定落地的位置也沒有軟墊。

葛東其實根本沒有聽懂她的意思，但艾莉恩起跳的方向和角度都趨於完美，葛東被動性的完成了吩咐……艾莉恩直接撞進了他懷裡！

可是葛東沒有站住腳，哪怕他聽懂了意思做足準備也不可能站得住的，那是一人份的體重，而且還是有著角度跳躍而來的！

葛東下意識的抱緊了她一連後退數步，終於還是支撐不住向後倒下！

「不要硬撐，放鬆身體，用背著地。」

臨倒下前，葛東懷裡的艾莉恩冒出了這個吩咐。

已經沒有思考的餘地了，葛東不再抵抗，依照她所說的放鬆身體往後倒下，背部重重摔在米色的地磚上，胸腔中發出了「碰」的一聲！

比葛東想像中要輕鬆得多，反而是跌倒時被艾莉恩壓得有些喘不過氣了，幸好她很快起身，還順手拉了他一把。

「你剛剛繼續撐下去會變成臀部著地，那樣會撞傷脊椎末端，以後記得，要用最大的身體面積去應對即將倒下的時刻。其實，最好能夠進行翻滾來抵銷力道，但這次因為我的關係所以無法做到……」

並且還像這樣的，對他進行了受身（注：柔道、摔角的基本技術之一。）的教導。

「好……好的，我記住了。」葛東愣愣地被拉了起來，沒有什麼比親身體驗更具有說服力的了，受身的訣竅肯定會深深印在他腦海中的。

「喔——」

艾莉恩的跳躍引起了周圍一陣驚呼，等她過去之後就是一片的掌聲叫好，以及一陣陣詢問那個女生是誰的耳語。

葛東和艾莉恩都沒空去搭理他們，而是分開人群，大步流星的往自己班上走去。

但是不等他們走出幾步，那個逐漸升階的廣播音就響了起來。

「緊急宣布，緊急宣布！請所有在校的同學，立刻以班級為單位，到禮堂集合，請所有在校的同學，立刻以班級為單位，到禮堂集合！」

乍聽之下是很正常的廣播，學校發生了異狀，把學生們集中起來便於看顧，同時也能減少意外的發生……

但葛東和艾莉恩互相對看了一眼，發覺彼此眼中都有對於這則廣播的懷疑。

首先是消失的警衛，其次是直到現在也沒見到有哪個老師出現在校園，最後則是這個廣播的聲音，會使用廣播的老師就那幾個，早已經認得了，而這個聲音卻不是他們之中的任何一個。

「先去辦公室看看。」艾莉恩一個轉向，改變了原本往自己班上走去的腳步。

在前往辦公室的途中，陸陸續續看到學生們往大禮堂走去，他們有的是自行三三兩兩的過去，有的則是在班長整隊之下帶過去的，但他們都有一個共通點——全都沒有老師隨隊。

種種情況加深了他們的疑慮，葛東由原本快步前進，漸漸變成小跑，後來更是全力奔走！

柢山完全中學的教學樓主要有三棟，分別為A、B、C棟，其中C棟是專科教室，而教師辦公室都集中在A棟，也就是距離校門口最近的那棟。

教師辦公室是空的。

電話鈴一聲接著一聲，在空蕩蕩的辦公室中迴響不停，而其中一張辦公桌還有翻倒的茶杯，那浸漫了大半個桌面的茶水，正從桌沿滴滴答答的往下滴落。

此情此景像足了恐怖片裡的場面，葛東只覺得自己身上的雞皮疙瘩全都起來了！

而艾莉恩卻是視若無睹的走上前，接起那支響個不停的電話：「是……是，我不是，辦公室裡沒有人在，是、是……好，我知道了，我會轉述的。」

艾莉恩掛上電話後，電話鈴聲再次響了起來，但她卻沒有想要再接一次的意思了。

「剛剛那通電話是？」葛東見她進行了幾句對話，忍不住問道。

「一個送孩子來上學的家長，她看校門沒有開而打電話來問。」艾莉恩又繼續往辦公室裡走，好像一個偵探那樣檢查了整間辦公室。

葛東沒有她那麼好的耐心，又對響個不停的電話鈴聲感到煩躁，跟著看了小半間辦公室，就放棄了搜索來到走廊上，那個要大家去禮堂集合的廣播後來又播了兩次，從這裡走廊的窗口看出去，外頭已經沒有其他學生的身影。

然後，很突然的，身後辦公室中的電話鈴聲斷裂了，就像是被刀子切開了似的，吵鬧的鈴聲驀然中斷，吵鬧的背景音一下子消失，使得葛東產生四周極為靜謐的錯覺。

轉頭望去，教師辦公室裡沒有發生什麼異常情況，艾莉恩依然還在，只是她抓起了一支電話話筒放到耳邊，不到一秒就重新掛了回去。

「電話被切斷了。」艾莉恩這麼告訴葛東。

聽到電話線被切斷，葛東反而冷靜了下來，眼中閃爍著光芒說道：「那麼，現在最後一個問題就是，這究竟是ＶＩＣＩ團做的，或是又有其他征服世界的團體出現了？」

做出這樣的判斷後，葛東做的第一件事就是打電話給友諒，結果發現他的號碼連響都不響，根本是關機狀態。

這下子真相大白，封閉了學校的是ＶＩＣＩ團！

不過，這樣又衍生了一個疑問：在友諒的介紹中，VICI團是一個只有三人的小團體，光憑三個人是不可能封閉整所學校的，即使把前後門都關閉並通上電流，但只要簡單的架個梯子就能毫無危險的越過，再說他們又是怎麼把老師們都弄不見的……

不知不覺，隨著第一個問題的提出，疑問不斷增生，對於下一步要怎麼做，他有一個模模糊糊的想法。

「好，我們去禮堂看看吧。」艾莉恩明快的做出決定。

當然，她並不是要跟其他學生一樣走進禮堂，而是打算用別的方式來看看禮堂如今的情況。

對於這個提案，葛東卻是搖了搖頭，說道：「我覺得我們應該要分頭行動。」

「分頭行動？」艾莉恩的眉頭皺了起來，她不放心葛東的安危。

「嗯，只是看一下禮堂不需要兩個人都去，我們只有兩個人，與其總是一起行動，不如分開，把行動力變成兩倍。」

「可是危險也會變成兩倍。」

「這也是沒辦法的事，征服世界不可能一帆風順，有些冒險是避不過去的。」

艾莉恩的眉頭皺得更深了，她承認葛東說得有理，可是她打從心裡不願意讓葛東冒險，那次綁架震撼到的不只是葛東，她也深深體會到之前的人生中沒有體驗過的感情。

可是她最終還是沒有反對，兩個人聚在一起，或許能把一件事情做得更好，但分開的話則可以同時做兩件事……

「那麼我去禮堂，之後去後門看看。」

「我去體育館和操場，看到沒有去禮堂的學生，我會把他們叫住。」

兩人簡單分配了一下任務，就各自前往自己要去的地方。他們兩人都有手機，發現什麼直接用電話聯繫就可以，而葛東也沒有忘記提醒她，要把手機轉成靜音。

※　※◆※　※

艾莉恩前往禮堂，而葛東則立刻趕往體育館。

那些應該在晨練的運動系社團們，在接二連三的廣播催促聲中，已經不見任何一個身影，葛東在這裡一無所獲。

然後他的目光投向了圖書館。

也許從一開始他的目標就是圖書館，葛東自己也無法肯定，甚至他本來想說的第一個地點就是圖書館，只是在一種不知名的心情下，最後做了改口。

他只是跟那個學妹見過一次面，而且談的時間不長，所以當遇到狀況，內心裡閃出去找她的念頭時，連葛東自己都覺得不可靠，於是刻意的迴避了圖書館的話題。

然而，最後繞了一圈，他還是得去圖書館，因為這裡可能是唯一還有其他人在的地方了。

在柢山完全中學，會有學生特地早起來學校圖書館唸書，但葛東走進圖書館時，裡頭是沒人的，除了那個戴著眼鏡的學妹。

葛東直接走到櫃檯前，朝那個捧著一本書假裝在看的學妹問道：「圖書館，妳知道這是怎麼回事嗎？」

「我不清楚，我的任務只是監視艾莉恩學姐的舉動，至於其他的事情，我沒有過多的關注。」

被葛東叫成圖書館的賴蓓芮，絲毫不感覺這算是冒犯，畢竟是假名而已，取的也是圖書館的音譯，在這點上叫她圖書館是一點問題也沒有的。

「其他的事情都不在意嗎……」葛東熟門熟路的自行打開櫃檯出入口，與圖書館並排而坐。

「學長有什麼想問的呢？」圖書館不與他兜圈子，開門見山的反問道。

「那麼首先……請把妳所知道的艾莉恩，把這個種族的事情告訴我吧。」葛東很想再跟圖書館好好聊一次，但因為種種原因一直沒有聊到，儘管眼下似乎不是聊這些事情的好時機，但他已經忍耐不住了。

圖書館將身體轉向了葛東，以正面對著他，開口道：「如果是這方面的話，很抱歉，我們的情報也很少，算上艾莉恩學姐，這才是我們見到的第二隻活體，而第一隻已經被消滅了。」

「消滅了……」

「嗯，因為是第一次見到的種族，我們大意了，被她大量繁殖後侵略得很嚴重，最後費了很大的功夫才解決。」

「所以在這裡見到艾莉恩的時候，立刻就採取了監視手段嗎……」葛東感嘆性的吸了口氣，暫且把這些信息按捺下來，又問道：「那麼接下來是跟你們有關的事情，你們……在地球上有多少人？」

「只有我。」圖書館回答以後，見到葛東瞪大了眼睛一臉驚訝的模樣，又再補充了一次道：「只有我。」

葛東再次對她刮目相看，不禁有些蕭瑟的說道：「只有妳……光靠妳一個就可以解決艾莉恩了嗎？」

「不行。學長現在看到的這個搭載型機器人，因為是觀察用機體，所以特別把運動能力設定在人類女性的平均水準，要是跟艾莉恩學姐起了衝突，一下子就會被打敗。」

「呃……這麼說來妳是可以很快地叫到援兵？」

「沒有，假如我現在發出緊急求救訊號，到他們趕到為止，這時間大約需要二十五個地球年。」

葛東突然發現事情好像跟他想得不一樣。

「可是，妳不是說、遇到情況可以來找妳商量……」

「我是說，如果出了什麼難處理的事情，也許會需要學長的幫助。」

因為事情大大出乎了意料，所以葛東陷入些微的混亂，圖書館不得不再次將昨天的話復述一遍。

「所以妳說的，真的是字面上的意思？」

「如果不是字面上的意思，會是哪種意思？」

好吧，葛東小人之心了，圖書館不太明白人類的語言模式，所以她說需要葛東的幫助，就是真心誠意的需要他幫忙。

「我能幫上什麼忙？我只是普通的學生，既沒有超能力，也沒有體力……」葛東忽然覺得滑稽，本來他誤會圖書館不把艾莉恩放在眼裡時還失落不已，誰知道發現圖書館根本無能為力的時候，他反而心慌了。

「可是學姐選擇了你。」

圖書館的話絲毫沒有起到安慰的作用，相反的使葛東更加的不安了！

「那只是因為我的作文……而且我是胡寫的，其實一點計畫也沒有，她那麼聰明遲早都會發現，到時候我……」葛東絮絮叨叨的，明明才跟圖書館見第二次面，就好像十分信賴似的把內心最煩惱的事情都說了出來。

葛東的顧慮其實在一開始就產生了，只是一路過來受到形勢所迫，既沒有時間，他本身也不自覺的在迴避這個問題。

也就是他對艾莉恩隱瞞的，他想征服世界的事情完全是謊言，這件事遲早會拆穿。

所以說，在圖書館說她的任務是監視艾莉恩時，葛東下意識就把她當成了救星，只要一直被阻止的話，艾莉恩就不會察覺到他的真偽。

可是，當他誤會圖書館可以輕易收拾艾莉恩的時候，那股被輕視的不甘心也不是虛假的，這樣的矛盾感在內心衝突著，迫使他必須找到一個宣洩的方向。

「恕我直言，學長好像只是不想被艾莉恩學姐識破，既然這樣的話，不如就真的去征服世界如何？」圖書館在聽了一會兒之後，突然做出一個衝擊力十足的提案。

「真的去……征服世界？」葛東愣住了，他從沒往這個方向去想過。

「是的，學長自己也說，假如繼續下去遲早都會被識破，那麼能不被識破的方式，就是真的去征服世界。」

「征服……世界……」

四個字，就像是回音一樣不斷在葛東腦中激盪，不知道為什麼，由圖書館口中說出來的話就是特別令人信服。

彷彿被點醒了一般，葛東的目光開始發出光來。

「妳有沒有興趣跟我們一起征服世界呢？」

第九章
充分的準備是文學少女的標準印象？

與葛東分頭行動後，艾莉恩雖然擔心他，卻也得先做好分內的工作。她裝成若無其事的模樣走向禮堂，可是遠遠地就見到禮堂大門緊閉，遮光窗簾也拉上了，變成從外界無法觀察內部的情況。

艾莉恩繞著禮堂走了一圈，發現所有的門窗都是同樣的情況，窗戶也全都鎖上了，可以聽到從裡頭傳來人聲鼎沸的聲音，但卻不像是在喧譁吵鬧的樣子。

看著封閉的禮堂，艾莉恩猶豫了一下，雖然所有的門窗都鎖上了，但以她的能力要無聲無息的侵入非常簡單，不過她想了想，沒有選擇闖入，而是一轉頭往警衛辦公室的方向去了。

這裡說的警衛辦公室不是門口的那個警衛亭，而是有監視器螢幕的辦公室，雖然說學校的監視器布置並沒有多麼嚴密，但起碼禮堂是會有的。

監視器的操作方式很簡單，艾莉恩摸索兩下就弄懂了，她把禮堂的那個監視器畫面調整到螢幕上，一目了然的見到了禮堂中的情況。

學生們或許還不清楚外頭的情況，因此他們隊伍疏落的、老老實實以班級為單位席地而坐，而禮堂的舞臺上，則是架著投影機和螢幕，正在播放著什麼。

因為是監視器攝影機的關係，艾莉恩看不清楚螢幕上播放的是什麼，不過在監視器的畫面範圍中，並沒有像是老師或是其他成年人在，都是學生們自行管理秩序，沒有幹部在場或是比較吵鬧的班級就自顧自的聊天玩樂起來，便形成了她剛才聽到的狀況。

乍看之下，似乎只要打開禮堂的大門，就可以放學生們出來，但對於禮堂的問題，她突然有了另一個想法，因此暫且不急著解決。

稍微又看了一下其他的監視器畫面，果然沒有得到什麼有用的情報，於是她離開警衛辦公室前往後門。到了後門一看，這裡的情況跟前門差不多，外頭的學生吵吵鬧鬧著什麼，而門裡卻是一個人也不見。

艾莉恩的動作比葛東快很多，當葛東還在圖書館跟學妹扯些與現狀無關的事情時，她已經把校園內這半邊大致上繞過了一遍。

這一繞，倒是讓她發現了一些蛛絲馬跡。封閉學校的前後門，接著讓所有教師消失無蹤，又把學生們關在禮堂裡，這需要的人手可不只是三兩個就能做到。在後門左近的地面上，艾莉恩發現了重物掉落過的痕跡。

並不是很大的痕跡，但落在灰白色鋪地磚上顯得有些明顯，那是一條桃紅色的油漆擦痕，看起來很新，沒有被學生們的鞋子踩成泥色。

朝著這條痕跡的方向望去，是專科教室所在的C棟，艾莉恩前往一看，發覺表面看起來平凡無奇的C棟，卻在今天有了奇妙的變化。

因為是專科教室所在的大樓，裡頭有不少昂貴的器材，所以這裡屬於防護比較高的地方，前後兩座樓梯都有額外的防盜門，平常學生們在上課時都是開著的，然而今天早上開始學校就陷入異狀，沒有人來開這邊的門，因此這裡應該是封閉的。

但現在防盜門卻是開著的，就像是平常上課一樣的開著，上下端的固定栓也好好的打住，如果是一般的學生，肯定只見過這樣的C棟。

不過，艾莉恩是資優生，她曾經見過清晨的校園，見過前後兩扇防盜門關閉的模樣，所以現在這個樣子反而是不正常的。

可是，這群控制了學校的人，跑去C棟做什麼呢？

對小偷來說，C棟或許有很多能吸引他們的東西，但對於一個想要征服世界的團體來說，他們看上C棟的原因絕對不只是裡面的器材……

想到這裡，艾莉恩停下了腳步，拿出手機傳訊息給葛東：「我發現了一些東西，在後樹林見面。」

艾莉恩所說的後樹林，就是從後門到C棟之間的綠化帶，是屬於到了秋天就會被學生們嫌棄的清掃範圍。

她沒等多久，葛東就來到了這裡，而且來的不只他一個人。

還有一個戴著眼鏡的學妹。

「艾莉恩學姐妳好，我叫賴蓓芮，受到葛東學長的邀請，來加入征服世界的行列。」

圖書館十分恭敬的朝她鞠躬。

艾莉恩眉梢一挑，彷彿有些不可思議的望向葛東。

「我後來又去了圖書館，那邊只有她在，就試著說服了一下。」葛東說的可是實話。

「這很好，征服世界這種事，人越多是越好的。」艾莉恩得到確認後，轉頭望向那個跟自己氣質有幾分相像的學妹，說道：「妳可以直接叫我艾莉恩就好，加上學姐顯得太累贅了。」

「好的，那麼艾莉恩也可以叫我圖書館，這是葛東學長給我取的外號。」圖書館也是投桃報李的這麼說著。

雖然設定上兩人相差一歲，但她們之間的相處卻顯得相當平等。

艾莉恩擬態的對象是資優生，圖書館則是按照安靜的文學系少女形象打造的機器人，兩者的差距主要體現在運動能力上，畢竟圖書館只有平均水準……可是這點小事根本不能阻止她們心有靈犀似的彼此相望！

「好吧，現在也介紹完了，妳在這邊有發現了？」葛東趕緊打斷她們，生怕一不小心暴露了圖書館的真面目。

「其他的學生都在禮堂裡……」艾莉恩簡單說明了一下觀察禮堂得到的情報，以及有人闖入C棟的這件事。

葛東也產生了跟她類似的疑惑，把學校封閉，以及將全校將近半數的學生統統關在禮堂裡，這不是區區三個人就能做到的事，即便動用了電擊陷阱也不可能，除非他們手中有更加厲害的武器，透過威逼的方式才能達到。

不過那樣子的話，應該早就發生更大的騷動了吧？畢竟現代的孩子人手一支手機，還都是智慧型可以上網傳遞消息的，但是現在除了「柢山高中好像發生了什麼」之類的疑問，暫時還沒有見到更大規模的消息爆發。

「既然情報不足的話，那麼去搜索更多不就好了嗎？」才剛加入的圖書館，理所當然似的說道。

並且就這麼一馬當先的踏上了C棟的樓梯！

「等等啊妳！難道妳其實是行動派的嗎！」葛東慌忙追上，因為只是一般女孩子的體能，所以意外輕鬆地就搶在了她的前頭。

「不用擔心，我有這個。」圖書館從口袋中拿出來電擊棒，就是在電視中經常看到用來防狼的那種。

妳還真是所有的一切都跟電擊有關啊……葛東這麼想著，人也不自覺地跟著圖書館往上走。

就在這時，他看到了──

在二樓的走廊，一個穿著黑色緊身衣、頭戴面具的傢伙從某個教室中走出來……

依照記憶，那應該是理化教室，不過這不是重點，重點是當對方和葛東彼此互相發現的時候，都是愣住了。

那個打扮曾經見過，在葛東被綁架的那次，友諒就是穿著這樣簡單的緊身衣。

可是眼前這個傢伙並非友諒，從身材上一望可知，他比友諒要壯實得多，是個成年人的身材，卻又不像是那個肌肉大叔一樣的壯實，是新吸收的傢伙嗎！

「你們……」緊身衣蒙面男舉起手指著他們，好像想說些什麼。

但艾莉恩不給他繼續說話的機會，從樓梯口衝了出來，一把抓住那個緊身衣蒙面男的肩膀，硬是靠著蠻力給他來了個過肩摔！

摔技是一種看起來沒那麼嚴重，但不懂得受身就會吃到重創的技巧，而這個緊身衣蒙面男明顯不屬於懂的那方，背脊重重摔在地上，將力道完全吃了進去！

「唔喔！」

然後圖書館一個箭步上前，用手中的電擊棒給那傢伙來了一下，緊身衣蒙面男猛得一顫，然後就動也不動了。

那電極接觸到人體時所發出的滋滋聲令葛東不由得打了個寒顫，忍不住感嘆道：

「妳們默契真好啊……」

「確實……」艾莉恩與圖書館四目相對，彼此露出微笑。

這在葛東的預想中是不曾出現過的，作為監視者的圖書館，跟被監視者的艾莉恩，兩者在第一次見面時就展現出了絕佳的默契。

這麼一來，征服世界的道路不就變得更平坦了嗎！

在葛東胡思亂想的同時，這個緊身衣蒙面男被打倒的聲音引起了他同伴的注意，從同一間教室裡又跳出了另一個緊身衣蒙面男！

雖然對方是聽到了聲響而跑出來的，手上也拿著短棍當武器，但這連最基本的威脅都算不上，同樣被艾莉恩用蠻力施以過肩摔之刑，然後圖書館機警的上前電擊之。

因為這個配合實在太流暢，葛東除了感嘆以外也沒別的想法，他往理化教室裡張望了一下，教室裡空空如也，對方只派了這兩人在這裡。

來到理化教室內，只有看到一些化學藥劑被拿了出來擺在實驗桌上，或是粉末或是液體，葛東沒有辦法光從這些東西上就知道他們要做什麼。

不過，有艾莉恩和圖書館在，分析這方面的事情就交給她們。

「是火藥，這是硝酸鉀，這是硫磺……」圖書館掃了一眼就得出了結果，同時報出了那些東西的名稱。

這些材料能做出黑火藥，雖然只是火力較弱的黑火藥，但這畢竟已經是具有殺傷力的東西，葛東負責把這些半成品都扔進水槽裡，而艾莉恩則是去找了一條水管，用水管將兩名緊身衣蒙面男綁了起來。

「看來他們擴張了成員數量……」葛東略有些疑慮，為什麼友諒沒有把這些事情告訴他，是因為友諒通風報信暴露了嗎？

「光憑這裡的原料，做不出多少火藥的。」艾莉恩掃了一眼那些已經空下來的瓶罐，即使這些全部做成火藥，大概也不會超過三十克。

三十克黑火藥能做什麼呢？

簡單的說明一下，一盒二十四支裝的水鴛鴦煙火，通常會用掉十點八克的火藥，也就是說，三十克黑火藥大概能裝三盒總共七十二支的水鴛鴦。

統統集中在一起或許能有些威力，但殺傷力也僅止於此而已。

迅速的將二樓搜索一番，好像所有的門鎖都被打開了，但明顯有被動過的只有理化教室。再往三樓也是一樣，不過三樓有播音室，這裡也能夠對全校進行廣播，似乎是個很有用的地點，但一時之間不知道要怎麼利用才好。

「這麼一來就確定C棟沒有敵人了……」艾莉恩說是這麼說，但思索的神色卻是一點也不見減輕。

對方到底搬了什麼東西來C棟，這個疑問還是沒有獲得解答。

「柢山高中的總配電盤也在C棟。」

突然，圖書館說了一件連艾莉恩都不知道的事情。

葛東還有些迷糊，但艾莉恩立刻就明白了她為何提出這點，因為校門被通上了電流，他們總不可能憑空生出電力，一定是從某個地方接過來的，而最有可能的就是學校。

只要把主電源關閉後，就能將學校被封鎖的這個現狀打破，最起碼，將學生們放出來後，總要有地方讓他們去吧！

「在哪裡？」艾莉恩沒有絲毫的猶豫，立刻決定要將整間學校斷電。

「在地下室，跟我來。」圖書館轉身就走。

來到一樓的樓梯間，那個後頭彷彿永遠上著鎖的地下室入口，被圖書館拿著髮夾三兩下就打開了。

「妳怎麼會這個？」葛東忍不住發出了疑問。

「人類總是會在各種情況下，學習到各種意料之外的技巧，我只是剛好學會了這個而已。」圖書館一邊說著，一邊從裙子口袋中掏出了小型手電筒。

作為臨時抓來的夥伴，她的準備充分到無法挑剔！

三人下到地下室，這裡是不會讓學生踏足的地方，地方狹窄不說，天花板和地面都有許多突出平面的管線，在這些管線的遮掩下，燈光無法照亮整體，因此顯得十分昏暗。地上還堆著不少雜物，以及不知道從哪裡滲出的水漬，這一切都把地下室變得髒亂不堪的樣子。

不過，配電盤倒是很明顯，就在燈管的正下方，表面的盤蓋已經被打開了，幾條電線接在上頭，往下拖到一個巨大的桃紅色長方形機械上，這臺機械的其中一角有油漆脫落的痕跡。

這臺機械看起來就像是跟電力有關的東西，不但有許多用來接電的接口，還有一個操控盤，上面密密麻麻布滿了開關，還有閃爍著的紅色燈泡，看起來很專業的樣子。

不過，這種程度的專業完全難不倒圖書館，她上上下下把那臺東西看了一圈，好像弄明白了似的一點頭，就伸手要去做些什麼。

「等等，先不要急著動。」艾莉恩阻止了圖書館，她左手拉著圖書館，右手拉著葛東，說道：「雖然學校遭到襲擊是很意外的狀況，但這是我們的一個機會。」

「我也是這麼想的，這是個很好的機會，能取得學生會會長的選舉勝利！」葛東與她四目相對，艾莉恩似乎很意外他跟自己想到了一塊兒去。

「你積極了很多嘛……」艾莉恩先前雖然沒有說過，但她能感覺到葛東對征服世界並不是那麼的積極。

「人總是需要時間成長的。」葛東攤了攤手，又誠實的說道：「但我只是有這麼一個念頭而已，實際上要怎麼做卻沒有計畫。」

「只要有那個想法就足夠了，那正是我一直無法幫忙的問題。」艾莉恩露出微微的笑容，她接下來把將要進行的步驟說明清楚，約定好彼此之間的暗號。

三人之中，艾莉恩是計畫設定者，而圖書館則是機器人，唯一有記憶力問題的只可能出現在葛東身上，不過他要負責的部分很簡單，更多需要臨場發揮。

但他聽完所有的計畫後，不由得轉頭問圖書館道：「按照這個計畫，妳得要一個人待在這裡了，可以嗎？」

「可以的，在這種寂靜狹小的地方待著，是我最擅長的事情。」圖書館在口袋裡掏了一陣，拿出了另一支手電筒和好幾個電池。

「可是這裡可能還會……啊，妳也有準備了……」葛東本來想著或許會有其他的蒙面男來這裡看看，不過當他見到圖書館手中的電擊棒時，不再提起這件事了。

因為他記得，圖書館可以用手指發出電擊，縱使那些傢伙忌憚電擊棒，卻也不會感到高中女生的手指有什麼不妥之處吧？

「那麼，我就在這裡祝兩位學長姐馬到成功。」圖書館簡單的祝賀了一句之後，就往後退入了黑暗之中。

然後艾莉恩和葛東前往禮堂，如果預料得不錯，那裡應該會是他們決戰的地方。

※　※◆※　※

在禮堂門口，除了隱隱約約學生們的喧鬧聲之外，還有誰拿著麥克風在說話的聲音……又或者是那個投影機影片的聲音。

種種聲音混雜在一起，使得葛東分不清楚裡面在說些什麼，而艾莉恩則是根本不打算去弄清楚，只是拿出手機發一封簡訊給圖書館。

那是他們早就約好的訊息，收到之後，圖書館立刻將學校主電閘關上。

彷彿空氣中發出了砰然一聲似的，禮堂裡那支麥克風的聲響消失了，而學生們的吵鬧更加清晰的傳遞了出來。

第十章 敵人的背叛者……還是敵人！

柢山高中的學生們，其實並不知道他們為什麼被聚集到禮堂來，他們或多或少有察覺到教師們不見蹤影，但並沒有因此產生什麼戒心，畢竟這是個和平的國家。

但是接下來所播放的影片就讓學生們開始感到不對勁了，因為那是ＶＩＣＩ團的自製影片，影片中的首領、四天王的闇，以及戰鬥員甲，說著ＶＩＣＩ團將會征服世界，要大家抓緊機會投入懷抱之類的宣揚。

幸虧他們人少，除了長篇大論的首領以外，另外兩人很明顯不習慣面對鏡頭，支支吾吾的很快結束了發言，然後影片結束。即使如此，也是快一個小時之後的事了。

緊接著，剛剛在影片中那個ＶＩＣＩ團的首領，從禮堂舞臺上踱步而出，手上還拿著麥克風，他向臺下環視一圈後，才對著麥克風說道：「各位同學好，這所學校已經被我們ＶＩＣＩ團占據了。」

此話一出，全場譁然！

首領似乎很滿意大家的驚訝，他面罩下的嘴角大大的咧著笑容，等喧譁聲最高亢的一陣過去，又說道：「請各位安靜一些，我並不想對你們使用暴力。」

此時學生們的情緒依然很混亂，但或許是ＶＩＣＩ團首領那身絕對不會在平常見到的緊身衣裝扮，使得大家不敢輕舉妄動，喧譁聲竟然真的消下許多，但整個禮堂依然有源源不絕的嗡嗡聲響，那是許多人彼此交談所匯聚在一起的聲音。

「很好，那麼現在我來宣布ＶＩＣＩ團的規矩，希望大家能乖乖遵守，不要輕易的違背……」

就在這時，外頭的艾莉恩送出了關閉電源的暗號！

原本從麥克風送到喇叭的說明聲驀然而斷，然後艾莉恩推開了禮堂的大門。

用推開來形容有些不太正確，因為禮堂的大門是鎖上的，她是將食指化成利刃，直接將鎖頭劈開，然後抬起一腳踹門而入！

因為所有的窗簾都是拉上的，因此當電源切斷之後，禮堂陷入一片黑暗之中，只有洞開的大門透進來的光，在黑暗的禮堂中形成了一道光的走廊。

最先出現在這條走廊上的是葛東，他神情嚴肅抬頭挺胸，彷彿眺望著舞臺似的往前大步而行。

實際上，驟然由光亮的地方走到無光的地方，葛東眼前一片黑暗，什麼也看不到，唯一能見到的就只有這條光之走廊。這條光之走廊在前方不遠處就變得昏暗，那邊也就是葛東視力所及的界線。

而沿著這條光之走廊進來的葛東，將禮堂中所有人的視線都吸引到了自己身上。

當葛東走到禮堂底端的舞臺前時，他也稍微適應了這股黑暗，模模糊糊的能看清楚周邊的情況。

在舞臺上，一個緊身衣蒙面男拿著麥克風，雖然看得不是很清楚，但從面罩上那個大大的金色Ｌ字標記，葛東可以確認他就是曾見過一次的ＶＩＣＩ團首領！

「你果然還是到這裡來了嗎？」肌肉大叔首領似乎對他的到來並不意外，也沒有要立刻對他出手的樣子。

「這可是我的學校，怎麼可以不來。」葛東心中大定，只要不是一見面就動手，那他們計畫的成功機率大大上升了。

當他們兩人一開口，遠方的圖書館又將電源打開，禮堂的燈光閃爍一陣後重新恢復光亮，不過這時他們都無法分神注意這點小事。

「只有你一個人嗎？你那個漂亮的保鑣呢？」肌肉大叔發覺電力被切斷，也就隨手將麥克風扔在了一邊。

「有些事情還是讓男人來解決就好。」葛東一邊說，一邊將外套脫掉，又說道：「跟上次比起來，你們的人手好像比較寬裕了嘛？」

「只是請來一些臨時工而已，他們的表現似乎不怎麼樣啊，竟然讓你這麼輕輕鬆鬆的來到了這裡。」肌肉大叔雙手抱胸，居高臨下的打算看看葛東要做些什麼。

本來，這個肌肉大叔首領拿著麥克風正在說這所學校被他們占領的事，學生們迷惑著這到底有幾分真實性，突然間葛東闖了進來與之對峙，情勢變化讓周圍的喧鬧聲更加激烈。

雖然也有學生不想看戲，只想離開這個是非之地，但在葛東進門吸引了所有人的注意力時，艾莉恩從門邊一閃而過，隱入了禮堂的角落中，並順手將大門重新關上了。

暫且不說那些打算趁機逃走的學生，葛東與首領的對峙吸引了所有人的注意，他並不習慣這種在眾目睽睽之下彷彿演出一般的行為，可是他必須堅持下去！

「我問你，你把老師們怎麼了？他們都到哪裡去了？」葛東到目前為止，最在意就是這個問題。

「不用擺出那麼憤恨的表情，我並不喜歡使用暴力，只不過是稍微使用了一些技巧，讓他們無法過來妨礙而已。」肌肉大叔輕輕的一擺手，好像那並非什麼困難的舉動。

此言一出，不僅是葛東，學生們也感到驚訝了，他們現在才體會到，也許這個ＶＩＣＩ團並不是來胡鬧的，而是認真的要來征服這間學校！

「我不知道你們為什麼選上今天，可今天原本是我要來做學生會會長競選演講的日子，雖然還沒投票，但是我不允許你破壞校園的安寧！」葛東狀似霸氣十足的模樣，實際上全是裝出來的，他背上已經漸漸有冷汗滲出。

「這種豪言，可不只是用嘴巴說就可以了，你有成為我對手的自信嗎？」肌肉大叔舉起了胳膊，在那貼身的布料下，成塊隆起的巨大肌肉一跳一跳的。

「快別這麼做了有點噁心啊！」葛東發自內心的吼了出來。

葛東盡力吸引對方的注意，而艾莉恩沿著禮堂邊緣快步疾走，輕盈的腳步聲淹沒在那吵鬧之中，她沒有引起太多人的注意，成功衝進了禮堂的舞臺後臺！

禮堂的舞臺有兩種方式可以上去，一種是舞臺兩端有小階梯，那是頒獎時用的；另一種就是從後臺登場，這是舞臺表演時用的。艾莉恩衝進去後發現沒有其他ＶＩＣＩ的團員，便拿出手機發了一則訊息給葛東。

這則訊息不是為了給葛東閱讀，而是單純要讓他的手機震動，這也是當初約定好的暗號之一。

感受到口袋中震動的葛東，停止了繼續耍嘴皮子，舉起右手，直指肌肉大叔道：「一決勝負吧！如果我贏了，那麼你不但要釋放所有的老師，還得答應我從此不再以學校為目標！」

「那假如是我贏了呢？」肌肉大叔饒有興致的問道。

「那麼我會承認你的占領，並且加入ＶＩＣＩ團。」葛東繼續與他對視，但腳步已經開始往一旁的小階梯走去。

肌肉大叔搓了搓下巴，追問道：「包括上次那個小姑娘嗎？」

「是的，包括她。」葛東到了小階梯前，抬起腿一步一步拾級而上。

「好！這個挑戰我接受了！」肌肉大叔對這個條件頗為振奮，他自覺不會輸給葛東這樣的高中生，那麼能夠得到艾莉恩那樣的強援實在太好了！

「那麼，就來吧！」

葛東大喊著朝前衝去，肌肉大叔拉開架式認真以對，而臺下的學生們則是引頸期盼著事情會向好的一面發展。

但是，就在這一刻，遠處的圖書館再次接到了訊息，又將電源關閉了！

這次可沒有由大門處透進來的光亮了，因此當燈光消滅的時候，所有人眼中都是一片黑暗。

這也包括了正要進行決鬥的葛東和肌肉大叔，但他們一個有所準備，一個則是意料之外。

然後，隱藏在後臺的艾莉恩猛撲而出，黑暗並沒有形成對她的妨礙，相反的她在黑暗中更加如魚得水！

驟然失去視覺的肌肉大叔幾乎毫無抵抗能力，怒吼中朝風聲撲來的方向揮去一拳，果不其然的揮空，緊接著他感到胸口遭受重擊，剎那之間，又是一股風聲從腦袋左方由遠而近，但肌肉大叔卻是沒辦法再做出反應了……

艾莉恩一個完整發力的右鉤拳打在大叔下巴上，放在拳擊場上那絕對是能ＫＯ對手的一拳，肌肉大叔毫無掙扎餘地的倒下，而艾莉恩不多作停留，迅速往舞臺另一邊鑽去，等她來到另一側的後臺時，通知圖書館重新開啟電源的訊息也已經送了出去。

「大叔，抱歉啦！」

葛東在心中暗自道歉，走了幾步來到肌肉大叔身邊，伸出一隻腳來輕輕放在他的胸膛上。

於是日光燈閃爍幾下，讓禮堂中恢復了光明之後，呈現在眾多學生眼中的，是葛東一腳踏住那個ＶＩＣＩ團首領的畫面。

「已經沒事了，大家趕快回班上……」

葛東話還沒有說完，就聽到砰然一聲，禮堂的大門被粗暴的踢開！門外出現了十幾個緊身衣蒙面男，他們一個個手上拿著刀械棍棒，魚貫而入將大門堵住了。

如此直觀的威脅，讓直到剛才還摸不清楚狀況的學生們立刻體驗到了恐懼，靠近門邊的學生慌慌張張的往後退開，露出禮堂大門周圍好大一片空地。

「你們也是ＶＩＣＩ團的人嗎？你們的首領已經被我打倒了！」葛東隱隱覺得事情有些不對勁，但此時可不能示弱！

不料，這一行緊身衣蒙面男根本不在意大叔的安危，其中一人甚至摘下了面罩，露出底下那張略顯凶惡的臉，冷哼道：「什麼ＶＩＣＩ團？本來以為可以大賺一筆的，結果還得弄上這麼愚蠢的打扮！」

隨著這傢伙的動作，後頭的緊身衣蒙面男們也紛紛摘下了面罩，露出一張張各有不同的面容。

忽然間，葛東想起肌肉大叔曾經說過，他找了一些臨時工來……莫非說的就是這些傢伙？

「都給我乖乖聽好了！你們都被綁架了，要想離開學校這裡，就讓你們的家人拿錢來贖人！」凶臉男子用手中鐵棍威嚇性的一敲地板，周圍的學生退得更開了。

凶臉男子相當滿意自己帶來的恐怖感，又大聲的恐嚇道：「知道的話就快點給家裡打電話！」

他這麼一說，還真的有不少學生拿起手機就打，只是不知道他們究竟是打給家裡還是報警……或者兩者都有。

凶臉男子看起來也不像很擔心學生們報警的樣子，也不知道他的自信從何而來。

然後，他的視線投向了舞臺上，葛東依然保持著打敗肌肉大叔的姿勢，對事情的發展感到措手不及，只能眼睜睜看著，卻無法立刻拿出應對的方法。

「那個小鬼，你好像打倒了那個禿子嘛？」

凶臉男子上前了幾步，突然間葛東覺得自己的立場好像跟前一會兒相反了。

不過……禿子嗎？葛東悄悄往地上瞥了一眼，因為是套頭型的面罩，看不出來肌肉大叔腦袋上是否有頭髮，不過在他的記憶中，那個總是待在後場廚房裡的大叔，確實是個光頭……

葛東依然是學生們的焦點，他強忍著往後臺望去的念頭，雖然艾莉恩在那裡，但他們好不容易營造出來的氣氛不能丟掉，在學生們的面前，他必須裝得很有把握的樣子！

「你們跟ＶＩＣＩ團無關嗎？你們想做什麼？」葛東看著凶臉男子手中的鐵棒有些不安，不過倒是勉強自己站住了腳步，一動不動的挺著背脊。

「我們想做什麼？」凶臉男子彷彿聽見了笑話一般，從鼻間噴出一股冷笑，「剛剛不是說了嗎？錢啊！我們要的是錢，那個禿子的瘋言瘋語，我們一點興趣也沒有！」

「是這樣嗎……」葛東從對話中察覺到了些許違和感，那個凶臉男子的態度十分凶暴，但卻回答了他的問題。

跟葛東印象中的流氓不同，他沒有立刻衝上來施行暴力，反而是用一種說不上和善的態度回答了問題。

也許……這些傢伙在忌憚他？

葛東又看了看倒在腳邊的肌肉大叔，雖然下巴遭到了重擊而爬不起來，但他的意識卻沒有失去，他將他們之間的對話聽得一清二楚，臉上露出了憤怒的表情。

肌肉大叔很強，無庸置疑的很強。

而凶臉男子一行人在闖進來之後，看到的是肌肉大叔已經被打倒的場面，或許這讓凶臉男子形成了誤判，以為他真的是被葛東打倒的？

想到這裡，葛東越發覺得不能在這裡示弱，他上前兩步，來到舞臺邊緣處，大聲的說道：「只要你答應我，不傷害任何一個學生，我就不會主動干預你們的行動！」

「好！」凶臉男子露出了猙獰的笑容。確實如葛東所猜想的一般，他正是忌憚著能打倒肌肉大叔的葛東，雖然這個學生外表上看起來並不強壯，但他並不想冒那些額外的風險。

特別是他們已經做出綁架整所學校半數學生的事情之後。

兩人交涉的結果，互相都覺得取得了自己想要的東西，凶臉男子也就退回他的手下之中，對他們吩咐了幾句要好好看著這些學生之類的話語，接著又走出了門外，拿出手機開始忙碌起來。

而葛東也得到了寶貴的空間，他趕緊彎下腰來，朝肌肉大叔問道：「你都聽到了吧，你找來的這些究竟是什麼人？」

「你這卑鄙的小鬼……」肌肉大叔很清楚自己不是被葛東打倒的，但是他倒沒有奮起反擊，與原本就應該彼此使用陰謀詭計互相陷害的敵人相比，來自於自己人的背叛無疑更加令人憤怒！

「先別生氣了，快告訴我！」葛東匆匆抬頭望了一眼，或許是因為他一彎下身子，就從學生們視線中消失大半的緣故，所以如今投在他身上的注意力減少了很多。

「我認識那個帶頭的……就是跟你對話的那個，本來交情還不錯，這次的事情我拜託他找些人來幫忙，然後結果你已經看到了。」肌肉大叔依舊氣憤難耐，但還是回答了葛東的問題。

「我們去旁邊說吧……」葛東半扶半抱著大叔，往艾莉恩所在的那個後臺而去。

可是，進了後臺，葛東卻沒在這裡看到艾莉恩的身影！

難道走錯方向了？

葛東帶著疑惑往另一邊張望，卻只見到空蕩蕩的布幕。

他又拿出手機發訊息給艾莉恩，但卻遲遲不見回應，葛東只能猜測她或許在那群幫手叛變之際就早早離開了禮堂。

「怎麼，找不到你的同伴嗎？」肌肉大叔慢慢坐起身來，他扶著自己的脖子緩慢的轉了一圈，雖然還是暈沉沉的，但起碼能自由控制自己的身體了。

「是啊……」葛東無意瞞他，反正狀況一目了然也騙不過去，卻是說道：「你跟我的目的都是征服世界，而外頭那群傢伙卻是為了錢，我雖然暫時用些小手段鎮住了他們，但我不敢肯定他們會不會識破……」

「直說吧，不要繞圈子了。」肌肉大叔下巴挨的那一拳可不輕，或許已經有了腦震盪的症狀，好在沒有想要嘔吐的感覺。

「我們聯手吧！至少在應對這件事情上，我們聯手，等解決之後再來一決勝負！」

葛東說著就向大叔伸出了手，好像對方應該要答應似的。

肌肉大叔看著他的臉，稍微想了一下後，伸手握住道：「可以，但是我有一個條件，剛剛的勝負必須取消！」

「你不是認命了嗎！」葛東一時愣住了，他本來以為這個肌肉大叔是能老老實實接受失敗的！

「在沒有選擇的時候自然會接受，但現在我們有了討價還價的空間不是嗎？」肌肉大叔表現出了狡黠的一面。當然，葛東看不到他在面罩底下的表情。

聯繫到肌肉大叔原本的身分，他可是一家在社區中頗受歡迎的咖啡廳店長，沒有頭腦就開店的傢伙肯定會倒閉的！

「也就是說，我們未來還要繼續在學校裡爭鬥嗎……」葛東好不容易才透過種種設計取得的安寧，轉眼又因為意外而回到原點。然而，情勢不容他多想，重重一點頭答應道：「好，我知道了，但是起碼不要再弄一次這種把全校都捲進去的行動了！」

「我們也沒人手這麼做了……」這次的事情對肌肉大叔也是個打擊，在這個教訓後，他未來一定會對一起行動的成員詳加考核！

「那麼，我們現在就開誠布公的來談一談吧！像你們把老師們塞到哪裡去了……」

聽著禮堂那滾滾人聲，葛東不由得產生了一絲緊迫的心理。

想了想，葛東把後來發生的事情，以及自己與ＶＩＣＩ團結成臨時同盟的決定，詳細寫成了長文，然後發給艾莉恩。

第十一章 機器人就是要搭配電擊棒。

事情怎麼會變成這樣呢？

友諒像無頭蒼蠅一般行走於學校裡，他被賦予了看守教師們的任務，這原本是個輕鬆的工作，但他發覺了某些不對勁的苗頭。

那些被找來的傢伙們在封鎖校門之前不見特別之處，但等到這項工作完成之後，就不再依照首領的指示行動，一下子就散開到各處去不知做些什麼了。

友諒很輕易的就能猜到這些傢伙另有所圖，畢竟征服世界什麼的，除了那少數幾個人以外，恐怕是沒人會當真來重視的。

他本來想去找首領或是闇，但手機一拿出來才發現，他的手機不知道是出了故障還是沒電，按了半天都開不了機，而他也沒有在背包中找到充電器之類的東西……所以他現在像是閒晃似的在學校中亂走。

就在這時，空氣中彷彿傳來砰的一聲，全校的電力都被切斷了。這是圖書館第一次關閉電源，雖然很快又重新開啟了，但這讓友諒找到了目標。

C棟地下室！

友諒理所當然的知道ＶＩＣＩ團今天的計畫，Ｃ棟的配電盤也是重要地點之一，而且是由他和闇一起負責把校門通上電的。

友諒匆匆前往Ｃ棟，在那邊友諒看到了地下室洞開的大門，滿心以為會在這裡見到闇的他，見到的卻是一名陌生的女學生。

從制服上些許的差異來看，那應該是一年級的學妹，短短的頭髮，戴著眼鏡，即使見到一個緊身衣蒙面男子下來，也依然不見一絲變化的表情……

「你是敵人嗎？」眼鏡學妹這麼問著，舉起了手中的電擊棒，那上頭明藍色的電光滋滋作響。

「不……不是的，雖然無法否認看起來像壞人，但我並不是壞人！」友諒顛三倒四的解釋著，然後好像突然想到似的，趕緊把頭套摘了下來。

眼鏡學妹上上下下的將友諒掃視一番，平板的說道：「敵意微弱、威脅度低，允許適當的降低警戒。」

「呃……」聽到這番話的友諒臉色怪異，雖然不被認為是壞人很好，但那個威脅度低……究竟該高興還是生氣呢？

「既然不是敵人，那麼你是誰？」眼鏡學妹直勾勾的望著他。

「啊，我叫林友諒，是這所學校的二年級生，這副打扮是有原因的……」友諒很努力地想編出一個說得過去的理由，但怎麼也想不到讓一個高中生沒事穿著緊身衣到處跑的正常原因。

或許是這陣沉默讓她誤會了，眼鏡學妹也跟著自我介紹道：「我叫賴蓓芮，是一年級生，學長可以叫我圖書館。」

「圖書館嗎……妳為什麼會在這種地下室？」友諒覺得這個外號很適合她，如果她手中拿著的是書本而不是電擊棒就更好了。

「因為有任務……啊，不好意思我先處理一下。」圖書館的手機突然震動起來，她動作嫻熟的將禮堂斷電，不一會兒後又收到了訊息，再把電源打開。

這麼一關一開，時間間隔大約十秒左右，不明白她在做什麼的友諒只覺得這行為十分奇怪，於是開口詢問了。

「這是為了打敗ＶＩＣＩ團首領而做的輔助工作。」

圖書館老實的回答稍微刺激到了友諒，不管怎麼說他都是ＶＩＣＩ團的人……這陣子會把ＶＩＣＩ團當成敵人的，怎麼想也只有那個傢伙了，於是友諒試探著問道：「妳難道是葛東的同伴嗎？」

「是的，我受到葛東學長的誠意邀請而感動，因此加入了他們。」

「這樣嗎……」

友諒還想問些什麼，但卻見到圖書館又拿出了手機在看，本來以為她還要繼續操作配電盤，但見圖書館迅速將配電盤上所有額外接上的電線統統拔掉，接著與他擦身而過，往上樓的階梯走了過去。

「要走了嗎？」友諒不由自主的跟了上去，他不想自己一個人待在這種地方。

「嗯，這裡的工作已經結束了，我接下來要去跟艾莉恩會合……友諒學長還是不要跟過來比較安全。」圖書館好心的提點了他一句，因為她剛剛可是親手電擊了兩個緊身衣蒙面男的。

友諒果然停住了腳步，如果用這副打扮與班長見面什麼的，這決絕是要強烈拒絕的發展！

※　※◆※　※

與友諒分開後，圖書館和艾莉恩在圖書館門口的花壇碰面，不過艾莉恩離開得比葛東想像的要早，她在擊倒了肌肉大叔後，沒有停留在那裡就從窗口離開了禮堂。

所以當她收到ＶＩＣＩ團出現叛亂分子的情報後，確實是產生了相當程度的動搖。

「怎麼會這樣……」

艾莉恩很不能理解這種狀況，她所接受過的資優生教育中，背叛這種事都是被認定為非常嚴重的惡行，同時，那份一直被她壓抑著的本能也對這種行為十分厭惡……

不，厭惡這種說法或許太輕微了，光只是聽到ＶＩＣＩ團內部成員的背叛，她就感覺到無法原諒，一股名為憤怒的火焰在胸口燃燒，彷彿不將那些背叛者統統消滅就不會熄滅的樣子！

「艾莉恩，怎麼了嗎？」

圖書館的呼喚叫醒了幾乎要沉浸憤怒中的艾莉恩，然後她輕輕一撥頭髮，說道：

「沒什麼，只是有些意外而已。」

「那麼我們現在該怎麼做呢？葛東學長好像被困在禮堂裡了，甚至不得不與已經打倒的傢伙結成同盟……」圖書館將眼前的情勢剝開，把狀況一件一件擺在她眼前。

「是我的失誤，太急著把破綻消滅，卻在那之後發生了意料之外的事情……」艾莉恩略微自責的嘆息了一句，但她很快就振作了起來，說道：「狀況已經從ＶＩＣＩ團征服世界的開端，變成了叛徒們的綁架勒贖，說起來對我們反而是個良性發展，至少對方從我們的敵人變成了所有人的敵人。」

「原來如此……」圖書館同意似的點點頭，又拿出了手機操作一番，從網路上查閱了一些情報後，抬起頭來說道：「學校的事情已經傳出去了，警察差不多也該到了。」

「我要去禮堂，圖書館妳可能還是要去一趟地下室。」

能控制全校電力分配的配電盤，在各種情況下都非常好用，可是那些叛徒們的情報不明，不像對付ＶＩＣＩ團時能做出針對性的計畫，假如要依靠圖書館控制電力，那就必須使用更詳細的敘述。

而這無疑會拖慢反應速度，因此艾莉恩還要跟她約定一些簡單的代號，比如全校斷電是Ａ、全校通電是Ｂ……之類的。

「那群背叛ＶＩＣＩ團的傢伙好像有武器，妳一定要小心點，如果應付不來的話建議妳直接投降，他們要的是贖金，或許不會太過為難妳。」

臨分手之前，艾莉恩拉著圖書館仔細叮嚀著，只是這個學妹總是點頭，因此實在很難確定她究竟聽進去多少。但情況緊急，艾莉恩也沒多少時間在這裡糾纏，只能再三要她小心，接著就趕往禮堂去了。

圖書館則再次前往Ｃ棟，在那處樓梯間，她見到了一臉頹然坐在樓梯口的友諒，而他一直揹著的背包，則是被他放在了腳邊。

「友諒學長怎麼了嗎？為什麼還在這裡？」因為威脅度判斷是低的關係，圖書館與他搭話毫無顧慮。

「我不知道該到哪裡去才好……」友諒一直被旁人牽著走，像是肌肉大叔、像是闇，所以突然之間讓他自己做決定的時候，就顯得徬徨不安了。

「選擇很多的，像是先換掉這一身顯眼的衣服之類的。警察已經知道這裡的事情了，正在趕來的途中，友諒學長繼續穿這一身，很容易被誤解的。」圖書館留下一則建言後，繼續往地下室走去，但當她踩上向下的樓梯之際，卻發現友諒在背後跟了上來。

「妳一個人跑回來，不害怕嗎？」友諒也不太明白自己為什麼要跟過來，被她那雙無機質的眼眸子一望，不由得就找了話提出來。

「不害怕，我有這個。」圖書館出示了她的電擊棒，又再次勸說道：「學長還是快點去換了衣服比較好，不然等警察趕到了才換就太遲了。」

「其實制服什麼的，我都帶著呢……」友諒從背包中拿出了柢山高中的制服，他這身緊身衣裝扮也是先放在背包裡，來到學校才換上的。

「那就請學長快些換衣服吧，現在各個教室裡都沒有人，學長可以自行挑喜歡的教室使用。」圖書館說完最後的忠告後，就向地下室走去了。

望著她逐漸隱沒在黑暗中的背影，友諒若有所思。

於是，他隨便找個地方換回制服之後，他又下到地下室，才剛踩上地板，就聽到圖書館的聲音道：「學長怎麼又過來了？」

「我覺得把妳一個女生丟在這種地方不好，要是那些傢伙來了，地下室可沒有跑的地方，我在這裡多少也能幫上一點忙吧！」友諒挺起胸膛想表達他的可靠，但顯得輕浮的五官卻使他的努力失敗了。

「不用學長擔心，我有這個。」

電擊槍滋滋的聲響，比友諒那挺起來的胸膛要可靠多了。

友諒洩氣般的在樓梯口坐了下來，而圖書館則是心無旁鶩的站在配電盤前，一副隨時等候命令的模樣。

然後，隱隱約約的警笛聲由遠而近，在地下室裡聽不真切，但警察真的來到這所學校了，友諒按捺不住好奇心上到樓梯口往外張望，只見大批裝備齊全的警察湧入，包圍禮堂、拉起封鎖線，同時向校舍裡頭搜索而去！

友諒心想，那些吸入了催眠瓦斯而昏睡過去的教師們應該很快就會被發現吧，畢竟他們也沒做什麼特別的隱藏，只是把他們統統塞進校長室而已。

至於那個催眠瓦斯，則是首領用自己的身體做過實驗了，似乎是沒有害處，只是手腳會有些無力而已……

以首領為標準的手腳無力，稍微有點值得擔心，不過友諒實在沒有勇氣去體驗那種散發著詭異粉紅色的氣體。既然首領說對人體無害，那麼友諒決定發揮團隊精神，相信自己的隊友！

看了一陣，似乎警察一時三刻不會搜索到地下室這邊來，友諒也就縮了回去，只是不免擔心起閻來，不知道她會不會因為裝扮而被逮捕。

不敢多看、擔心被發現的友諒又回到地下室，卻見到圖書館依舊保持原本的姿勢在等待，這份專注使他肅然起敬，忍不住搭話道：「妳不累嗎？」

「不累，我還可以行動十二小時以上。」圖書館頭也不回的答道。

「真是有毅力啊……妳是什麼時候成為葛東同伴的？」友諒看著在燈光下一動不動等著指令的圖書館，見到這樣的身姿，想與她搭話的念頭怎樣也止不住。

「今天。」

「今天？！」

「嗯，因為學校的異狀，四處尋找線索的葛東學長發現了我，正好我也不知道該怎麼辦才好，就在那時葛東學長邀請我成為他的同伴，於是就滿懷感激的答應了。」圖書館面無表情的，把虛假的心情插入真實的情境當中。

「是吊橋效應嗎？又是班長又是學妹的，那傢伙……」友諒咬牙切齒，若非手機沒有電，他現在肯定已經對葛東發起責問的連續轟炸了！

「那麼反過來說，為什麼學長要加入ＶＩＣＩ團呢？」圖書館覺得不可以光是單方面的被詢問，在情報上的獲取太不公平了。

「我？我的話……單純只是被拉進去而已。」友諒既沒有特別的能力也沒有野心，就是個很平常的高中生而已。

在這方面，其實葛東也是一樣，只是將他們牽扯進去的人不同，而有了不同的命運。

正當圖書館想著還要探聽什麼情報之際，她的手機震動了起來！

圖書館低頭一看，然後按通了接聽鍵，將手機舉到了耳邊，聽了數秒之後，將手機遞往友諒，說道：「是找你的。」

「找我？」友諒好奇的接過，猜想著或許是葛東吧，只是他怎麼知道自己在這邊？

「戰鬥員甲，你在配電盤那裡嗎？」

然而，從手機中傳出來的卻是闇的聲音。

「陽……闇，妳沒事嗎？」友諒驚訝之餘差點暴露對方的本名，雖然在這方面已經和葛東共享情報了，但現在身邊還有一個不甚相熟的學妹。

「我跟艾莉恩遇上了……她說我們在趕走那批人以前是同盟關係，因為一直聯絡不到你，所以只好用這種方式……」闇的聲音聽起來有幾分不甘心，首領被擊敗、臨時找來的團員背叛，就連聯絡唯一值得信賴的夥伴都不得不依靠原本是敵人的艾莉恩……

「同盟了嗎？」友諒聽到這消息後卻是有幾分高興，因為這樣就不用跟葛東與班長為敵了！

「嗯，所以你就在那邊待命吧，我這邊也有自己的事情要處理了。」闇說完就掛掉了電話。

將手機還給圖書館，友諒突然想到一個問題：「她們是怎麼知道我在這裡的？」

「是我通知艾莉恩的。」圖書館揚了揚手機，說道：「用的就是這個。」

「啊……」友諒覺得自己很蠢，竟然連這都沒想到。

「那麼接下來要請學長注意外頭的動靜了，假如我這邊任務完成了，那就要趕緊混在離開的人群中，不然會被注意的。」

圖書館有理有據的說明，友諒只能不斷的點著頭。

「我知道了……」友諒悲哀的發覺到，自己被學妹指使了，而且他還沒有任何拒絕的理由！

第十二章 背叛者的歸路是無底深淵。

艾莉恩和闇，是在禮堂後方見到彼此的，本來她們同時都做出了戒備的姿態，但好在兩人已經各自從己方的首領那邊得到了同盟訊息。

而比起收起敵對姿態後就顯得落落大方的艾莉恩，闇則是表現出一副十分難以接受的模樣。

不過她們沒有多少時間了，之所以在禮堂後頭，是因為警方目前大部分的精力都放在正門口，他們很快就會把封鎖線拉到這裡來，如果繼續待在這裡，不是作為學生被保護起來，就是被當成綁匪的同夥，不管哪邊都是要極力避免的狀況。

所以在得知友諒的行蹤，並不得不低聲下氣地拜託對方時，艾莉恩豪氣的將手機直接丟給了闇，丟下一句「還到二年二班就可以了」之後，就選定了她出來時所使用的那個窗子。

那個窗子在二樓左右的高度。因為已經被闇撞見過了，所以艾莉恩也不隱藏自己的能力，手臂直接變長搭住了窗子，咻的一下就進去了。

闇沒有那麼俐落的身手，只好眼睜睜看著艾莉恩拋下她，不一會兒後，她聽到有人接近過來的聲響，思考一會兒之後跑去找個地方換回了制服。

※　※◆※　※

艾莉恩從那個窗子進去後，是在禮堂二樓邊上，由於已經拉起了厚重的窗簾，再加上眾人的注意力都被正門處的警察所吸引，所以沒人見到她的身影，只是在窗簾表面上起了一層微微的波動。

艾莉恩熟門熟路的來到舞臺後臺，卻見到葛東已經被幾個學生所包圍了。

那都是葛東班上的同學，因為他今天突然展現了強大的魄力，所以在危機緊要的關頭很自然地聚集在了他的身邊。

「班長也來了……」

艾莉恩並不是掩飾著身形而來的，她可是堂堂正正的走進這裡，因此她的到來立刻引起了一波騷動。

「班長……」葛東露出鬆了一口氣的表情，雖然他一直用自己無法同時對付那麼多綁匪，擔心學生們在混亂中受傷作為理由，但是在一群熱血高中生的簇擁下，他真的快要鎮不住場面了。

「大家先冷靜一點，我有些事情想與葛東商量，是跟這次的危機有關的，可以麻煩各位幫忙把風嗎？」

艾莉恩長期以來累積的威勢，遠遠不是葛東一朝爆發所能比擬的，二年二班的同學們對艾莉恩的話絲毫沒有忤逆，不像對葛東還頗有些要討價還價的意思。

等同學們都退出去之後，艾莉恩壓低了聲量問道：「ＶＩＣＩ團的首領在哪裡？」

「我在這。」不等葛東回答，肌肉大叔就從舞臺後頭的布幕中探出頭來。

因為一開始是以壞蛋的形象出現，葛東也沒辦法解釋危機同盟的問題，只好讓他先躲在舞臺的布幕後頭，也幸虧情況演變得太快，肌肉大叔作為一個遭到背叛的首領，立刻就被眾人所遺忘了。

「既然已經同盟了，也從葛東那邊取得了重新較量的同意，那麼您是不是也該拿出一些誠意來，不要看著情況這麼不斷惡化下去？」

艾莉恩瞪過去的目光銳利無匹，即使是肌肉大叔也有招架不住的感覺。

「這麼說來……」葛東在這番提醒下豁然醒悟，那個肌肉大叔從背叛發生到現在，表現出來的都只有憤怒而不是煩惱，他肯定有什麼解決這個困境的方法！

受到高中男女交錯而來的視線，肌肉大叔苦笑著翻開了他的底牌。

「這是？」葛東看著被塞到手裡的黑色金屬球，要雙手才能合握住一個那麼大，但是比起體積來，其重量並不是特別沉重。

「煙幕彈，征服世界的隊伍總要準備的方便道具之一，我說你既然也是擁有同樣目標的人，這些起碼的準備也應該要做吧！」

肌肉大叔說著就開始傳授做法給葛東，從他口中冒出來的材料，全都是在超市和理化教室中找到的，或許這才是他們闖入理化教室的理由吧，那些背叛者只是見到有機可趁才……

「這個的發煙量有多大呢？」艾莉恩則是問起了性能方面的問題。

「我實驗過了，在店……咳咳，在跟教室差不多大的地方，煙霧幾乎遮蔽了視線，原本相當熟悉的地方也變得很陌生，是相當厲害的武器，突然遇到的話，跟你們切斷電源是差不多的效果。」

從舉的例子來看，肌肉大叔似乎還在對那次的奇襲不滿。

「跟教室差不多大的地方……」艾莉恩略微皺起了眉，禮堂的大小是教室所無法比擬的，那麼實用價值就……

「不要急著下判斷，這玩意兒所放出的煙霧遮蔽力很強，集中使用在門口的話，或許可以使你們的斷電計畫再次成功。」肌肉大叔提出了這樣的建議，有過親身體驗的他認為那是個非常有效的計畫。

「值得一試。」作為策畫並有效利用多次斷電來達到目的的艾莉恩，覺得這個計畫成功的可能性很高，畢竟已經有過先例了。

不過在此之前，艾莉恩先向葛東借了手機，因為她的丟給闇了，沒有手機就無法聯絡圖書館了。

「但是人有點多啊，大叔你到底找了多少人來？」葛東也覺得這樣比較好，只是對於外頭那些傢伙的數量有幾分不安。

「你竟然直接叫我大叔……算了，那些傢伙人數是十八個，武器都是他們自備的，我不清楚有些什麼。」肌肉大叔作為遭到背叛的一方，毫無心理負擔的提供了情報。

「對了，外頭已經來了警察，要是這些傢伙被抓了，會不會把大叔你也供出來啊？」葛東突然想到這點，他可不希望自己才打工不到一個月的店，因為這種奇怪的理由而關閉。

「不用擔心，我在這方面早已做好準備了，他們出賣不了我的。」肌肉大叔自信滿滿的回答。

見他這個樣子，葛東也就不再繼續追問下去。

因為緊身衣蒙面男的數量比較多，因此他們需要外力幫助，除了答應到時候也會出手的大叔以外，還需要更多的人手來幫忙，所以他們讓剛才被暫時請出去的學生們又重新回到後臺。當然，肌肉大叔又去躲藏起來了。

「現在警察已經趕到了，這是個很好的時機，我需要你們幫忙！」葛東開宗明義地對大家說道。

聽見他這麼說，同學們都不由自主地興奮起來了。

大叔說那些背叛者有十八人，不過葛東他們已經在理化教室那邊打倒兩個了，在禮堂中視線所及之處，大約是十人、十一人的樣子，其他人好像在外頭與警方交涉他們要的東西。

在禮堂中的緊身衣男子們，其中拿刀械的只有四個，其他都是棍棒類，像是木棒、鋁棒、鐵管之類的東西。

那些拿刀械的就交給艾莉恩和肌肉大叔對付了，學生們則是以那些拿著棍棒的傢伙為目標，數人一擁而上的話，他們應該也來不及做什麼而被學生們打倒吧……

雖然計畫是這樣安排，但葛東總覺得無法安心下來，即使只是棍棒，被打到也是會受傷的，如果被擊中頭部更是……

尤其是，為了自己出風頭而將同學們捲入危險中，良心的苛責讓他不斷冒出放棄抵抗，把一切都交給警察來處理的念頭。

「葛東，別太天真了，就算不提征服世界的事情，在眼前看到了惡行，前往阻止也是應有之義，就算會因此受傷，但比起小心翼翼迴避著受傷的可能，親身實行正確之事的收穫才是更加值得捍衛的東西！」

艾莉恩的話彷彿當頭棒喝，一下子將葛東心中的遲疑打散了！

「真是不好意思，竟然在緊要關頭迷惘了……」

葛東長出了一口氣，轉頭向同學們分配起各自要對付的歹徒來。

這個年紀的學生都很熱血、很容易煽動，除了葛東自己班上的以外，還有許多男學生自發加入。終於，這邊熱切的人來人往的景象，被留守在禮堂中的歹徒們注意到了。

「喂！那邊，不要到處亂跑！都給我好好待在原來的位置上！」一名緊身衣歹徒一邊用鐵管敲著地板，一邊往這處後臺逼近過來。

「那麼，要開始了！」

葛東把所有的煙霧彈統統交給艾莉恩……沒辦法，禮堂門口太遠，葛東扔不到那個位置，而他們又已經被發現了必須立刻發動，否則被對方提防，起不到奇襲作用，受傷的可能性就大大增加了。

「嘿！」

從舞臺到禮堂大門口的距離，葛東並不知道那究竟有多長，就連艾莉恩投擲煙霧彈的時候，也發出用足了力道的喊聲。

只見黑色金屬球在禮堂中畫出了低平的弧線，準確地落在門口處……然後落地彈了出去。

葛東不由得向她望去一眼，艾莉恩難得的露出了不好意思的表情，解釋道：「第一次用，難免。」

然後第二顆煙霧彈落在了禮堂中段，經過幾個彈跳後停在了門邊。

「就是現在！」

彷彿在呼應葛東的大喊一般，停止下來的煙霧彈發出輕微的爆裂聲，一股灰黑色的煙霧猛烈的噴發出來！

同時，禮堂再次斷電！

灰黑色的煙霧遮擋了大半由門口透進來的光線，整個禮堂雖不及先前關上大門那麼昏暗，卻也相差無幾，不知道發生什麼事的學生們發出驚慌的喧譁，那些歹徒們也同樣感到了驚慌。

艾莉恩立刻奔向其中一名持刀歹徒，而隱藏在布幕後的肌肉大叔也跳了出來，這次他做好了萬全的準備，不僅依靠布幕遮掩住光線，在那之上還把眼睛閉了起來，直到他們發出指令。

「大家上啊，把那些傢伙打倒！」

學生們熱血沸騰的衝了上去，但是這裡發生了混亂，因為他們也看不見東西了，根本無法瞄準事先說好的攻擊目標，只是憑著一頭熱的往記憶中的方向撲了過去，這反而造成了艾莉恩和肌肉大叔的困擾！

艾莉恩還好一些，十分習慣黑暗的她靈巧奔走於人群之間，但肌肉大叔的情況就很不妙，他的體型太過龐大，也沒有艾莉恩那樣的柔韌度，於是只能強硬的推開眾人開路而去，如此一來不免拖慢了很多。

人類的眼睛適應黑暗的速度，大約需要五分鐘就能初步看見東西，然後在三十分鐘內達到極限值，所以一開始的五分鐘就是關鍵！

但五分鐘很快就過去了，從完全看不見東西，到隱隱約約可以見到人影晃動，最後到能夠分辨對方是緊身衣男或是學生時，艾莉恩已經按照計畫打倒了兩名持刀歹徒，正朝著第三人衝去，可是肌肉大叔因為緊身衣的關係反而被學生當成了敵人，因此陷入了糾纏中。

「那個傢伙在做什麼啊！」同樣也是好不容易才適應了黑暗的葛東，見到那情況幾乎要掩面嘆息了。

除了四名最需要注意的持刀歹徒以外，其他使用棍棒的傢伙都被學生們糾纏住了，但數量不對，或許有幾個見機不妙就立刻逃出去了吧……

然而，剩下的兩名持刀歹徒見到學生們突然發起反抗，不顧後果的揮舞起刀來，學生們見狀紛紛避讓，在他們周圍出現了一塊巨大的空白。

這個空白給了艾莉恩和肌肉大叔機會，原本就不受人群影響的艾莉恩簡直如同瞬間移動般，一眨眼的時間已經貼近歹徒面前，一個蠻力過肩摔讓他徹底失去了行動力。

而肌肉大叔那邊就顯得火熱得多，拔山倒樹般的氣勢往前，歹徒的臉色都被嚇得蒼白了，鼓起勇氣提刀向大叔刺去，卻被輕易的抓住了手腕，空著的右拳毫不留情地砸在他臉上！

那沉重得彷彿鐵鎚一般的撞擊聲，伴隨著飛濺的鮮血與門牙，在那個歹徒身後的學生們感覺自己身上被噴濺了什麼東西而發出驚慌的叫喊。

周圍的學生退得更開，把肌肉大叔所在的圈子擴大了許多。

「大叔，你有脫身的辦法嗎？」葛東逆流而行，好不容易擠進了圈子裡頭。

「不用擔心，從一開始我們就準備好退路了。」肌肉大叔自信的一笑，但是很可惜這個笑容完全被面罩遮住了。

「那樣就好……」葛東見禮堂中的場面已經被學生們控制住了，外頭的警察們發現禮堂出現異狀的話，應該會進行攻堅吧，到時候危機就……

沉浸在自己想法中的葛東不自覺的放鬆了，因為眼前的危機暫時解除而忽略了禮堂的大門並沒有關上，進不來的只有光線而已。

甚至，擺脫了被綁架的危機，能冷靜下來思考的學生也不多，他們的聲音淹沒在吵鬧的環境中……

「這群小鬼！都給我安分點！」

先前在外頭與警察對峙的歹徒們，因為需要撐場面，所以隨凶臉男子出去的都是拿著刀械的傢伙。

因此當他們再度闖進來，人手一把明晃晃的刀具，其壓迫感比散亂的棍棒要強大了好幾倍，剛才發出勝利歡呼的學生們又再次如潮水般往後退去。

但是，那樣的人潮中也有反道而行的，其中一個是艾莉恩，她巧妙的穿梭在人群中，飛快地拉近與那些歹徒的距離。

而另一個就是肌肉大叔了。

與艾莉恩彷彿潛行殺手似的不同，他就像隻發出威嚇的銀背猩猩，一邊發出激烈的呼吼，一邊揮舞著雙臂往那些緊身衣歹徒衝過去！

因為他的形象太過驚人，學生們像是摩西分紅海一般往兩旁退開，原本肌肉大叔就是他們忌憚的對象，這麼渾身上下彷彿將憤怒兩個字具現化了的姿態，更是讓那些持刀歹徒們心生驚慌。

肌肉大叔衝到一名持刀歹徒身前，對方慌慌張張的揮出刀子，卻被肌肉大叔一記正拳先打在臉上，揮刀的動作只到一半就無疾而終，連著使用者的身體一起跌落在地面。

「下一個、是誰？」

肌肉大叔轉頭望向其他的持刀歹徒，受到他的氣勢所壓迫，這些傢伙甚至沒有發現到艾莉恩在另一邊也打倒了一個人。

「都在鬧些什麼啊！」

在這些受到氣勢壓制的緊身衣歹徒身後，突然傳來一聲凶惡的怒喝。

只見那個曾經跟葛東交涉過的凶臉男子，昂首闊步的踏入了禮堂之中，雖然因為光暗變化而一時看不清狀況，但從吵雜的環境中，他知道情況已經失控了。

於是凶臉男子舉起手，那個原本作為威嚇而取出的東西，現在有了作用。

「砰！砰！」

凶臉男子連續扣下兩次扳機，藉著那一閃而逝的火光，看到了不遠處的肌肉大叔，雖然驚訝於他沒有被學生們捆住，但接下來的動作就是用槍指著那個方向。

「我說你啊，命還真硬，都這樣了竟然還想著要翻盤？」

凶臉男子本想稍微拖延一下時間，讓自己能適應黑暗再說，但另外一邊的艾莉恩卻做出了不同的反應。

或許對肌肉大叔和凶臉男子而言，開槍中與不中是決勝負的分水嶺，但是對艾莉恩和葛東卻不是那麼一回事。

一開始的兩槍是朝天開的警告倒還勉強，一旦讓對方開槍，擊中肌肉大叔就算了，雖然這麼說很無情，但他畢竟只是臨時的同盟，未來還要一決生死的，但……

若是沒有擊中的話，流彈將會傷到這裡的學生，究竟是受傷還是喪命，完全得看當事者的運氣，而煽動學生反抗的葛東也將會受到指責吧……

所以說，只要讓那傢伙開槍，就等於是輸了，絕對不能發生這種事！

她將最後一顆剩餘的煙霧彈往下一砸，一聲輕微的爆裂聲後，那已經有些稀薄的煙霧再度濃密起來，她不顧一切的變化著身形，她需要更加強大的爆發力、更加的強大、更加的強大！

在這樣的念頭下，艾莉恩的雙腿變得彷彿昆蟲一般，強壯的大腿與反折的膝關節，正是最適合跳躍的形狀！

「轟！」

等比例放大到人類等級的昆蟲雙腿，爆發出了恐怖的力量，光是蹬地就踏出了轟然巨響，彷彿將空間壓縮了似的，在那聲轟鳴響徹禮堂之前，艾莉恩就已經撲倒了那名凶臉男子！

就連艾莉恩自己也被這樣的速度嚇到了，她這一撲，便和凶臉男子一起滾出了煙霧籠罩的範圍之外，她趕緊變回人類的樣子，速度這麼快、禮堂的燈又還沒開，應該沒有暴露才對……

因為這一撲，也感到有幾分頭暈腦脹的艾莉恩，忙亂中不忘摸出手機，發去一個開燈的暗號給圖書館，而後就如同所有故事那樣，直到最後才登場的警察開始攻堅，唯一有槍的凶臉男子已經被打倒，剩下一群只有刀械的歹徒們，完全不是警察的對手。

於是，這次轟動的綁架學校半數學生的大案就這麼終結，後頭所引發的震盪及討論，都已經不是他們一介學生所能左右的了。

終章 征服世界的旅程正式開始。

柢山完全中學的新聞可說是震驚了社會，十多名歹徒闖入學校，並脅持了近半數的學生，雖然最後依靠學生自發的反抗，讓他們勒索贖金的打算破滅了，但校園安全問題一時之間成為熱門話題。

在這次事件之中，先是打敗了ＶＩＣＩ團首領，後來又領導大家反抗的葛東可說是大出風頭，後來照常舉辦的學生會會長選舉中，葛東以壓倒性的優勢大獲全勝，雖然在新聞輿論中有這樣是否太衝動的討論，但大多數還是稱讚他勇敢的聲音。

至此，計畫中為了擴大學校影響力而參與的學生會會長選舉，獲得了超越想像的大成功，現在葛東行走在校園中，到處都會被人打招呼。

「初步的目標算是超額完成了。」稍微落後半步跟在一旁的艾莉恩，見到這種景象不由得感到幾分欣慰。

這就是努力的結晶啊……

葛東順利得到學生們的支持是很好，甚至經過新聞這樣報導，在某種程度上也可以說是小有知名度了，但問題也出在這裡，一旦有了知名度，不管做什麼都會受到矚目，也變相的限制了他的行動。

「在這次的鋒頭過去之前，先暫且收斂一下吧。」葛東不覺得這樣有什麼不好，他在熱血退去之後就感到身心俱疲，那種緊繃到精神高度緊張，然後身體也隨之燃燒起來的情況，多遇到幾次壽命也會隨之縮短的。

「我也是這麼想的。」艾莉恩答應了一句。

剛當上學生會會長的葛東有不少雜務要處理，尤其又碰上那個轟動社會的案件，所以他的事情就更加的多了，好在他身上還有一層未成年人的光環，不會把臉暴露出去。

即使如此，不知道為什麼他的臉還是被很多人知道了，或許那張貼在川堂公布欄的當選大頭照是主因吧……

「建議採取合法合理的手段繼續擴大影響力。」

說出這句話的，則是走在葛東另一邊，落後達到一步之遠的圖書館。

葛東在最前頭，第二順位是艾莉恩，最後則是圖書館，如此一目了然的階級，在禮堂挾持事件後，她們就自動形成了這樣的排位。

葛東本人是不太喜歡這樣的，但他說不過艾莉恩。

艾莉恩說一個組織在吸收新人的時候，最好從一開始就讓他們知道這個組織的權力順序，越清晰越好，可以阻絕很多不好的事情。

雖然葛東不能明白那些不好的事情是什麼，但他說不出反駁的道理，於是只好聽之任之了，反正由於新聞熱鬧度還沒過去的關係，艾莉恩也不會貿然將人拉進征服世界的大業中，那樣太冒險了，要是對方一轉頭把新聞賣給記者，他們的野心立刻會暴露……

至於圖書館……葛東一開始以為她加入是為了更好的監視艾莉恩，但他發現圖書館很積極的在提出意見，有的被接納、有的被否決，可是她的積極性絲毫不見減少。

「妳說的合法合理的手段，包括什麼呢？」

艾莉恩很喜歡和圖書館討論事情，因為她雖然是優等生，但主要獲取知識的來源還是在學校，不像圖書館彷彿什麼都知道似的。

「嗯……」

圖書館抬頭望天，那姿態好似在接收來自天上的電波，葛東懷疑她真的有可能在接收電波。

不一會兒後，圖書館眼鏡閃著光芒說道：「我校的學生會會長對校務沒有進行建議的權力，也沒有執行的權力，要想在這方面更進一步是很困難的，但一些與外校的交流，需要學生會會長出面，那時就能將影響力擴散到別的學校去……」

葛東聽著她的異想天開……對，這只能用異想天開來形容，這種需要學生會會長出面的工作，影響層面大概也只有對方的學生會成員而已，想要在這麼狹窄的群體中擴展影響力，那恐怕不會有什麼可以預期的成果。

「那就沒辦法了……」

葛東把這些顧慮告訴了圖書館，於是她面無表情地用著十分失落的語氣說道。

葛東感覺自己已經看不懂她了，一開始以為圖書館煽動他去征服世界，就只是想加入進來就近監視，但從她一連串的表現來看，似乎真的對征服世界抱有很強的興趣……

雖然很想再找她好好談一次，但他卻沒有跟圖書館單獨相處的機會，因為艾莉恩比以前更加在意他的安危了。

自從禮堂挾持事件後，艾莉恩對他的保護再度升級，而葛東事後回想起來也覺得很害怕，因此對艾莉恩幾乎無時無刻陪在他身邊的行為頗有感激，但副作用就是他變得沒有辦法與人單獨交流。

就連同樣被視為組織中人的圖書館都這樣了，友諒更不用提，幾乎所有的交談都有艾莉恩在一旁陪同，拜此之賜，他們之間的男子漢對話幾乎沒有了。

同樣的，原本就沒怎麼交流的陽曇，更是徹底被排除在交談的對象之外，艾莉恩當天要她把手機送到二年二班的行為，讓陽曇很是擔心了幾天是不是自己的身分暴露了。

如果葛東有機會與她交談的話，會告訴她不用白擔心了，艾莉恩什麼也沒有發現，會讓她把手機送到班上來，純粹因為雙方同盟了，對於一個派不上用場的同盟者，艾莉恩只是安排了一個絕對可以完成的工作而已。

不過，疑神疑鬼的陽曇最後還是透過友諒來完成歸還手機的工作，而且她非常有節操的沒有翻閱這支手機中的內容。

「ＶＩＣＩ團……戰鬥力不怎麼樣，但是品德倒是還不錯。」

因為這件看似微小的舉動，艾莉恩對他們的評價上升了。

順帶一提，事件隔天他們去打工的時候，咖啡廳的大叔店長好好的出現在了店裡，果然是趁著騷亂的時候脫身了嗎？穿著那身顯眼的衣服，又不像友諒和闇那樣換了制服就可以當回學生，究竟是怎麼做到的……

肌肉大叔若無其事的讓他們安心工作，還發了一個紅包給艾莉恩和葛東，說是給他們的慰問金。

「慰問金？為什麼要給我們這種東西？」艾莉恩很是不解的問著。

「嗯？妳該不會……」大叔店長有幾分訝異的上下打量了她一番，確認了自己的猜想後，將原本的說詞改口道：「這是給我可愛員工的福利。」

「那就……謝謝大叔。」艾莉恩一頭霧水的收下了。

「小子，她該不會不知道吧？」等艾莉恩去把紅包放在置物櫃的時候，大叔店長轉向了葛東。

「嗯，她不知道，陽曇的事情她也不知道。」葛東不打算隱瞞，並且補充道：「我覺得不要告訴她比較好，因為她是個較真的孩子，被她知道恐怕會打這家店的主意。」

「聽起來很天真可愛，不是嗎？」大叔店長略微感嘆了一聲，也跟著釋放出善意說道：「那麼我也告訴你一件事吧，陽雲也不知道你已經識破她了，如果可以的話……你知道的。」

「好吧好吧，我知道了。」葛東藉此確認了一件事，那個不要把事情帶進這家店裡來的默契不是他的幻覺，而是真真切切雙方都有同樣的念頭在。

「既然知道了，那就快點去工作！」大叔店長發出了怒吼。

雖然在正面交鋒中輸了，但是在這家咖啡廳裡，他才是支配一切之人！

《什麼！我是征服世界的好苗子！01》完

番外 敵對組織的起源。

那個自稱為大叔，開著一家咖啡廳，暗地裡在執行征服世界計畫的傢伙，他的名字只出現過一次而已。

在征服世界這件事，跟葛東胡亂寫了一篇作文，然後被逼上梁山似的處境不同，大叔他是認真地想要征服世界，大概是看小時候看電視的時候，那些邪惡組織屢敗屢戰的堅毅感動了他。

同時很碰巧的，他和艾莉恩的意見相同，認為想征服世界必須先從聚集金錢開始。於是他開了那間ＶＩＣＩ咖啡，並且同樣把這個名字用到了他所成立的組織上。

說起名字，ＶＩＣＩ這個稱呼的由來，這是拉丁語，要追朔到西元前，那還是羅馬帝國的時期，蓋烏斯．尤利烏斯．凱薩在澤拉戰役中擊敗了本都王後，向羅馬發出的捷報只有三個單詞——

Veni，Vidi，Vici。

這就是著名的「我來、我見、我征服」，因為這是第一人稱完成式，所以自稱「我們是ＶＩＣＩ團」之類的發言其實是相當不倫不類，不過真正知道意思的人不多，就連他的手下也不是每個人都知道。

雖然說不是每個人都知道，但不知道的其實也只有一個而已，那就是戰鬥員甲。

在談論戰鬥員甲之前，必須先提一提他的青梅竹馬，那個擔任四天王之一的闇。

首領認識闇大概是在一年以前，在數名打工面試者中，首領一眼就挑中了她。

理由很簡單，長得挺可愛，身材又好，穿上能突顯胸部的高腰背帶裙就能當成看板娘來用了，只是有個問題……她不怎麼笑。

不是說她完全不笑，而是笑得很營業，從沒見過那種發自內心彷彿綻放似的笑容。

即使如此，闇也擔負起了看板娘的責任，短短一個禮拜營業額就增加了兩成，但麻煩也隨之而來，試圖在店裡搭訕闇的傢伙變多了，雖然她能應付得很好，只是如果有些太過分的傢伙出現的話，大叔也會出面制裁他們。

可是那些纏人的傢伙並不會只出現在店裡。

闇每次都會打工到咖啡廳關門的時候，作為一個女孩子，這個時間還在街上亂晃怎麼看也不安全。

又過了幾週，在某個禮拜六的晚上，這天因為總總原因使得闇比平常還晚離開，大叔雖然問過要不要送她一程，但是被闇拒絕了。

雖然已經有心理準備，但是當事情真的發生的時候，大叔的內心還是受到了打擊。

踩著夜色回家的闇，為了節省時間她一向選擇直穿小巷，在前往公車站牌的那條巷子中，遇到了兩名一直糾纏她的客人。

那兩人看起來比大學生還要再大一些，卻又不像是有在工作的樣子，有工作的人應該無法連續一個禮拜都泡在咖啡廳裡，點了一杯咖啡後也不見做什麼正事，就這麼不斷的向她搭訕。

那兩人很熟練，每天都來咖啡廳，但搭話絕不過線，總是保持在一個微妙的界線上，大叔也屢次遲疑著要不要上前去阻止，但那種程度的對話若不允許的話，好像也有點太過分了……

正是這樣的縱容大意，使得對方嚐到了甜頭吧？

那兩人一前一後的堵住了巷子，一看就不像是懷抱善意的模樣。

「終於等到妳下班了，跟我們一起去玩吧！」

正面攔住闇的，是染了金髮還打耳洞的男性，身上的穿著好像模仿著流行雜誌似的花俏搭配，這個裝扮也是他不像是在上班的理由之一。

「對啊，我們都約妳這麼多次了，今天妳可沒辦法用明天要上學來拒絕了喔！」

而堵在她後面的，則是一名黑髮眼鏡，他的視線在闇的胸部與臀部上來回梭巡，充滿了令人厭惡的氣味。

「……既然你們聽不懂客套話，那我就直說了。」闇不悅的瞪著面前的金毛男子，斥道：「我才不想浪費時間跟你們這種傢伙混，聽懂的話就趕緊給我讓開！」

「喔呀，挺凶的嘛，待會兒也要一直保持這個氣勢到最後喔！」金毛男子一點也沒有要退開的樣子，反而逼上前幾步，伸手要來抓闇！

「別碰我！」闇一巴掌將他的手拍開，同時一腳往他的小腿踢去。

學生皮鞋的厚鞋底踢在小腿骨上，帶來的劇烈痛楚使金毛男子的表情扭曲起來，但同時也激發了他的怒氣！

「別太囂張了！」

金毛男子含怒之下的一拳，闇雖然用手臂擋了下來，但是……

好沉重，即使學習過女子防身術之類的技巧，但男性和女性的體格不同所造成的力量差距是無法用技巧逆轉的，再加上她過於在意面前的金毛，忽略了後頭的黑髮眼鏡，被他從後頭撲上來一把抱住了腰！

女子防身術有不少專門對付從背後被抱住的招式，但那是建立在歹徒只有一個人的情況下，一旦歹徒的人數變成複數，很難光靠技巧就擊退他們。

雖然有帶防狼噴霧，可是東西放在包包裡，沒有第一時間立刻拿出來，這可以算是她的大意，原本以為只是要繼續糾纏而已，沒有料到他們立刻就動用了暴力！

「救、救命！」

闇驚慌中發出尖利的叫喊，但嘴裡很快就被塞進了一條毛巾。

對，一條毛巾，大概只塞進去不到一半，完全把她口腔中的空間填滿，剩下的就拖在她下巴前，看起來好像很容易甩掉，實際上卻辦不到，呼救也只喊了一聲就再也發不出聲音來了。

被兩個大男人半拖半抱著往巷子外走，闇奮力的掙扎卻越來越無助，她已經可以看到巷子的另一端，那裡停著一輛銀灰色的汽車，朝向他們這方的車門已經是打開著的，駕駛座上還有另一個人影。

要是就這樣被他們帶走的話……

一想到那個可能的後果，闇就更加賣力的掙扎，但在肌肉力量上她完全不是對手！

然而，抓著她的那兩個傢伙卻慢下了腳步，黑髮眼鏡望著駕駛座上的人影，向金毛問道：「你還找了誰來嗎？」

「我只找了你。」

金毛男子從兜裡掏出了蝴蝶刀後，甩了一個華麗的刀花，接著逼近車子喝道：「滾下我的車！」

本來金毛男子以為是自己沒有關車門，所以才引來了小偷，但是當他看到那個從駕駛座下來的傢伙之後，那種以為只是碰巧的念頭完全消失了。

那是一個穿著接近黑色緊身衣的肌肉男，臉上戴著面罩，額頭上貼著一個大大的金色L字。如果問這個大叔和兩個架著女孩的傢伙同時走上街，究竟哪邊會有比較多人報警也是一個難以回答的問題。

「我是ＶＩＣＩ團的領袖，你可以叫我首領。」大叔擺了一個健美選手的姿勢，那賁張的肌肉形狀透過緊身衣清晰的展露了出來。

「ＶＩ……什麼團？」金毛男子一瞬間出現了些許的呆滯，但他很快就把那些瑣碎的小事扔到一邊，舉起了蝴蝶刀直指對方道：「滾開，不想挨刀子就滾！」

「我的確不想挨刀子，但滾開卻是不可能的。」大叔舉起了雙臂，擺出拳擊手般的姿態，說道：「來吧，雖然拯救世界不是我的本意，但我也希望自己即將要征服的東西，至少在看得到的地方可以比較美觀一點啊！」

「你這傢伙！」金毛男子感受到了對方的態度，並沒有多少遲疑就挺刀往前刺去！

蝴蝶刀是一種很短的武器，其中即使是比較長的版本，也不過是一掌長的刀刃，在近距離情況下突然掏出來，才會變成避無可避的狀況，但這個金毛男子最開始就為了威嚇而使用，所以對大叔來說已經不具備突然性了。

簡單的用腳步移動避開那一刀，反手一個左正拳打在對方臉頰上，在金毛男子倒下之前，又追加了一記右鉤拳，確保他徹底被打倒了。

然後大叔把視線投向還抓著闇的黑髮眼鏡。

這一輪交鋒……不，說是交鋒實在有點太抬舉金毛男子了，這只是單方面的毆打，在旁人眼中大叔輕而易舉的就擊倒了金毛男子。而作為一起鬼混、一起做壞事的同夥，黑髮眼鏡很清楚對方一定也能輕易的收拾自己。

「不要過來！」

黑髮眼鏡手中還有人質，而且他身上也有武器，只是沒有掏出來。

黑髮眼鏡正想掏出刀子，展現一下他有能力傷害手中的人質，但他太過在意大叔的武力，而忘記了手中的這個人質並不安分。

當歹徒只剩下一個人的時候，女子防身術再次派上用場，從黑髮眼鏡手中擺脫之後，闇迅速從包包裡拿出防狼噴霧，對那傢伙的眼睛和鼻腔黏膜進行二次傷害！
胡椒噴霧的強烈刺激性，使得黑髮眼鏡痛苦的嚎叫起來，大叔不得不上前將他擊暈過去，以免他的慘叫引來警察……
闇確實是被襲擊的身分，所以警察到了也不會為難她，只是大叔這身奇怪的裝扮大概會受到嚴厲的盤查，可能的話盡可能拖延一點警察趕到的時間……
不過，闇在受襲擊之前已經呼喊過救命了，如果真的有人聽到這條巷子裡的動靜打算報警，恐怕早就已經那麼做了。
這麼一思考，大叔也決定趕緊離開，轉身離開之前說道：「那麼，小姑娘，下次別再一個人走這種夜間小巷，我可不會每次都剛好經過。」
「大叔，你穿成這樣是要做什麼啊……」然而闇卻追了上去，先不說是打工地點的店長這份熟識，光是拯救了她的恩情，也足夠她放下警戒心了。
「什麼大叔，妳說的我不知道……」
大叔第一個念頭當然是立刻否認，可是闇快步衝到他身邊，直接拉住了他的手。

「大叔太好認了，這樣說謊也騙不了誰的，ＶＩＣＩ咖啡的店長先生？」闇毫不留情的戳破了對方的偽裝。

眼看瞞不過去，無奈的大叔只好把自己的事情告訴闇……當然不是在這條巷子裡，而是已經回到店裡，大叔給自己和闇分別泡了一杯咖啡。

「雖然在這裡工作了一個月，但店裡的咖啡我還是第一次喝到呢。」闇好像很感慨似的說著。

「大叔我的手藝可是很貴的。」大叔除下了面罩，只穿著緊身衣泡咖啡的畫面怎麼看都十分詭異。

「是嗎……」闇臉頰的肌肉微微的跳了一下，最終沒有形成什麼表情。

「那麼，首先要從哪裡開始呢？」

大叔挑了一個不靠窗的位置，只要不開店裡的燈，從外頭是看不到店裡的情況。

「從一開始吧，不然我沒有弄明白的自信。」

闇並非與他相對而坐，而是隔了一張桌子，這種清晰的疏離感，使得大叔微微有些受傷的感覺。

「那兩個被打倒的傢伙，是這附近的混混，我看他們好像盯上妳的樣子，所以從三天前就開始暗中送妳上公車，本來今天是想……」

「等等！」

「怎麼了？」大叔的敘述說到一半就被打斷，他意外的抬高了視線，與遠處的闇四目相對。

「這邊的事情可以晚點再說，先說明一下這身打扮是怎麼回事啊！」闇很不客氣的拍著桌子，單就氣勢而言甚至遠在大叔之上！

「這就要從我小時候開始說起了……」

大叔自從小學畢業以後，就沒有再跟別人說起過這個夢想的事情，面對闇的要求，一時之間竟然有種羞澀感。

這都多少年沒有類似的感覺了？

抱著這個一閃而過的念頭，大叔一五一十地說起了他夢想的起源，以及到目前為止的準備工作。

「……單論存款的話，其實已經相當多了，但是跟征服世界這個大目標相比，不管存多少錢總覺得不夠。」大叔的敘述並不拖泥帶水，簡單扼要地把過程說明了一遍。

「也就是說，大叔其實一點進展也沒有嗎？」闇聽完他所敘述的這一切，聯想自己打工的情況，不由得做出了這樣的結論。

「唔……無法否定……」大叔懷抱著不現實的夢想，但他已經到了能現實看待事物的年紀，就算存摺裡的金額再怎麼變多，也無法否定這個世界完全沒有要被他征服的跡象。

不如說，這個世界反過來將他征服了，從一個無拘無束的孩子，變成受困於柴米油鹽的社會人士。

「大叔你沒想過放棄征服世界，好好過接下來的日子嗎？」闇以一介打工女高中生的身分，對店長進行了老媽般的說教。

「其實有的……」大叔無奈的點了點頭，像這種不切實際的夢想，隨時都徘徊在一種要不要放棄的猶豫中，即使是首次穿上那套衣服出現於人前，也沒有使他更加堅定。

「可是大叔不想放棄，是嗎？」

「當然不想放棄，如果能夠放棄，好久之前就能那麼做了！」

聽了大叔這樣的回答，闇陷入沉吟當中。一會兒之後，她很無奈似的嘆了口氣，說道：「我本來很苦惱該怎麼償還這份救命恩情，不過現在我已經決定了。」

大叔摸著自己的光頭，說道：「也不至於說成是救命的恩情……」

「不，對我來說，這就是救命的恩情，被那種傢伙觸碰到了身體，還不如死了比較乾脆！」闇臉上布滿憤然之色，在受到襲擊後她所表現出來的不是恐懼，而是對那些傢伙的憤怒！

大叔決定不要對她其實只是被摟了腰這點吐槽，他輕咳了一聲，說道：「妳好一點了嗎？時間也晚了，再待下去就沒有公車坐了，我陪妳到上公車為止吧。」

「大叔，征服世界這種事，只靠你自己一個人是不行的！」闇沒有理會大叔的好意，從遠邊的桌子起身來到同桌。

雖然她是站著而大叔是坐著，但兩人之間只有半個頭的差距。

「沒辦法啊，夥伴這種東西，可不是說一聲要找就能找到的，特別是要一起征服世界的夥伴，把我說的話當笑話聽還比較算是有幽默感的，剩下的人就直接把我當神經病了……」大叔嘆息著，將手邊的咖啡喝完，說道：「就不要再提夥伴的事了，我們……」

「不可以不提的，大叔以為聽過這個話題之後，我還有別的選擇可以做嗎？」闇挺起了胸膛，從大叔的高度看去，這實在是太過危險了。

「妳……」大叔就是再遲鈍，現在也明白她的意思了。

「夥伴什麼的，就在這裡！」闇大力拍著自己的胸膛，搖晃不止的說道。

於是，在闇的要求下，她得到了四天王之一的席位，因為現在只有一個四天王，所以既是最強的一個，也是最弱的一個。

然後過了兩天，她又帶來了林友諒……

也就是一開始所說的那位戰鬥員甲。

雖然說必須先介紹闇，但一口氣拖延到這種程度，戰鬥員甲被延後介紹難道是一種宿命嗎？

這個戰鬥員甲也是個金毛，眉眼五官似乎全寫著輕浮兩個大字，也不知道闇究竟是怎麼說服他的，總之他二話不說的加入了。

儘管友諒毫無幹勁，但他確實是加入了，並且認真的跟大叔討論了VICI團制服的問題，最開始為闇設計的是同款式的緊身衣，不過遭到了戰鬥員甲的反對。

「邪惡組織的女幹部必須是這樣的！」戰鬥員甲拿著不知道從哪裡找來的圖片，大聲疾呼的這麼說道。

「雖然打算征服世界，但我們可不是邪惡組織啊……」大叔搔了搔他的光頭，最後還是拍板決定了下來。

於是VICI團就這麼擴張了，而每週五的例行會議，一開始大家都會好好的穿著制服到場，但隨著時間經過，大家也變得越來越隨便，彷彿一切都回到了一開始，差別只在有兩個小傢伙陪著大叔。

直到闇和戰鬥員甲升上二年級，又是兩個來打工的孩子，從他們口中，大叔得知了原來有著同樣夢想的傢伙不止自己。

「就這個週日，我們將進行首次的征服活動，讓那些新來的傢伙們知道，這裡是誰的地盤！」

在某個夜晚，大叔氣勢十足的如此宣布道。

《番外　敵對組織的起源。》完

後記

各位讀者好，很感謝你們能看到這裡。

呀……該怎麼說呢，這次的故事真是胡鬧啊，就連我也沒辦法不這麼想，請各位懷抱著寬廣的心胸來看待這個故事吧……

在此說一個關於設定的秘聞吧，其實也不能算是秘聞，頂多是一件逸事。

關於那個只在圖書館的信中提到的ＥＬＡ，原本只有中文名稱，也就是外星生命管理局而已，雖然想取一個英文簡稱，但想要簡稱之前必須先有全稱，而在下英文破爛得有如抹布一般，本想放棄的，於是對編輯大人發出了遺憾之語。

沒想到，發出遺憾之語後的數日，我收到了寫著ＥＬＡ全稱的信件，於是就成了各位所見的那一串超長英文，而我只看得懂中間那個字而已……

真是太感激了（拜）。

那麼，寒暄就到此為止，期待與各位在未來的見面。

矛盾　二〇一五年七月

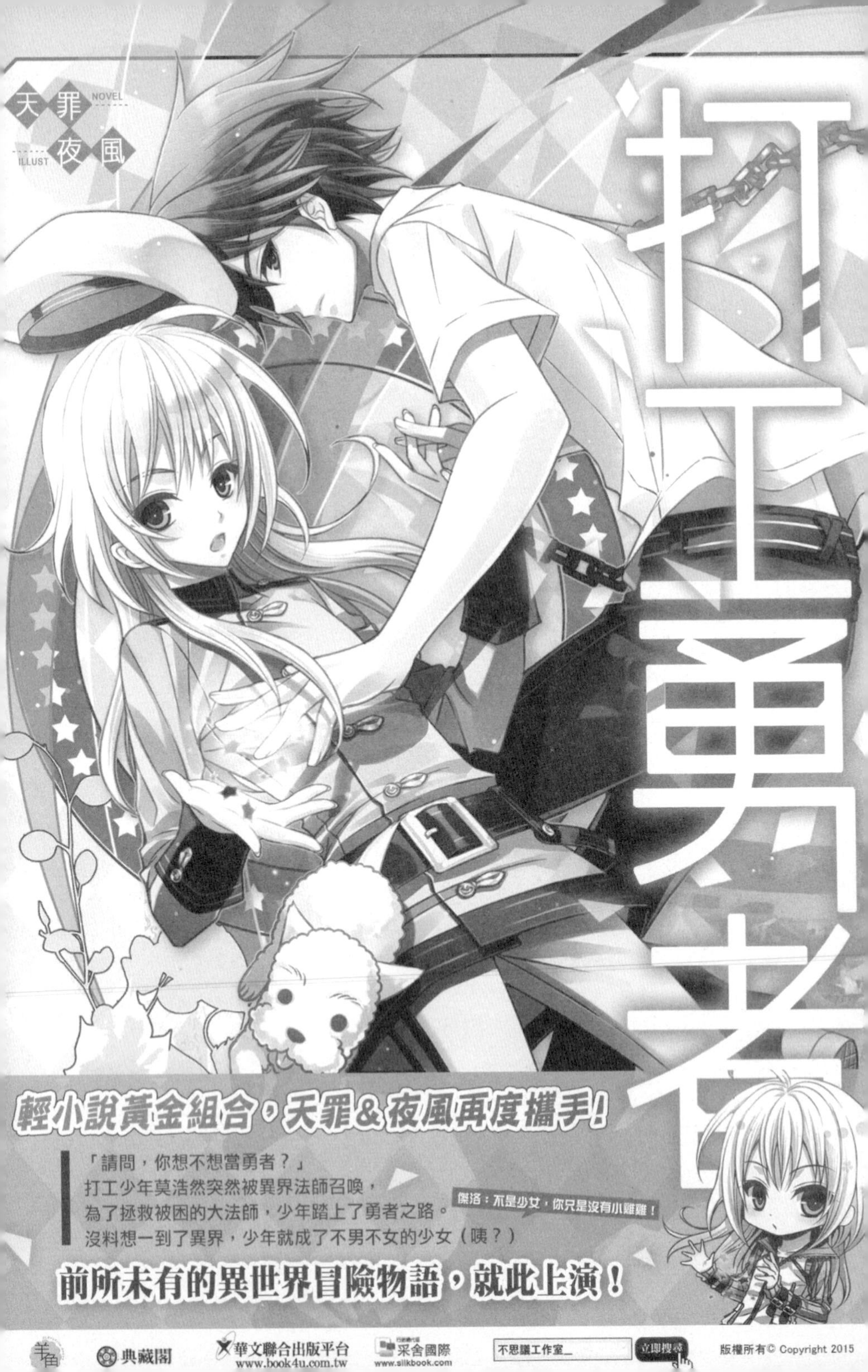

天罪 NOVEL
ILLUST 夜風
打工勇者
輕小說黃金組合，天罪＆夜風再度攜手！
「請問，你想不想當勇者？」
打工少年莫浩然突然被異界法師召喚，
為了拯救被困的大法師，少年踏上了勇者之路。
沒料想一到了異界，少年就成了不男不女的少女（咦？）
傑洛：不是少女，你只是沒有小雞雞！
前所未有的異世界冒險物語，就此上演！
典藏閣
華文聯合出版平台
www.book4u.com.tw
采舍國際
www.silkbook.com
不思議工作室
立即搜尋
版權所有© Copyright 2015

vol.01
紅心冒險
Hearts Dreamland
Novel & Illust 重花
羊角書系 第二彈
輕小說插畫名家——重花（麻紀）老師
繼《神臨誌記》再次挑戰長篇小說！
好奇心爆棚的少女遇上了在圖書館出沒的紅心王子
一場在現世與異界穿梭的奇幻旅程就此展開
您，準備好與重花老師一起遨遊鏡之國了嗎？
典藏閣
華文聯合出版平台 www.book4u.com.tw
采舍國際 www.silkbook.com
不思議工作室
立即搜尋
版權所有© Copyright 2015

羊角系列 005

什麼！我是征服世界的好苗子？ 01

出版者■典藏閣
作　者■矛盾　繪　者■薩那 SANA.C
總編輯■歐綾纖
製作團隊■不思議工作室

郵撥帳號■50017206 采舍國際有限公司（郵撥購買，請另付一成郵資）
台灣出版中心■新北市中和區中山路 2 段 366 巷 10 號 10 樓
電　話■(02) 2248-7896　傳　真■(02) 2248-7758
物流中心■新北市中和區中山路 2 段 366 巷 10 號 3 樓
電　話■(02) 8245-8786　傳　真■(02) 8245-8718
ＩＳＢＮ■978-986-271-622-9
出版日期■2015 年 9 月

全球華文國際市場總代理／采舍國際
地　址■新北市中和區中山路 2 段 366 巷 10 號 3 樓
電　話■(02) 8245-8786　傳　真■(02) 8245-8718

新絲路網路書店
地　址■新北市中和區中山路 2 段 366 巷 10 號 10 樓
網　址■www.silkbook.com
電　話■(02) 8245-9896
傳　真■(02) 8245-8819

☞您在什麼地方購買本書？☜

1. 便利商店（________市／縣）：☐7-11 ☐全家 ☐萊爾富 ☐其他________

2. 網路書店：☐新絲路 ☐博客來 ☐金石堂 ☐其他________

3. 書店（________市／縣）：☐金石堂 ☐蛙蛙書店 ☐安利美特animate ☐其他____

姓名：________地址：________________

聯絡電話：________ 電子郵箱：________________

您的性別：☐男 ☐女 您的生日：西元________年________月________日

（請務必填妥基本資料，以利贈品寄送）

您的職業：☐上班族 ☐學生 ☐服務業 ☐軍警公教 ☐資訊業 ☐娛樂相關產業 ☐自由業 ☐其他________

您的學歷：☐高中（含高中以下） ☐專科、大學 ☐研究所以上

☞購買前☜

您從何處得知本書：☐逛書店 ☐網路廣告（網站：________） ☐親友介紹
（可複選） ☐出版書訊 ☐銷售人員推薦 ☐其他________

本書吸引您的原因：☐書名很好 ☐封面精美 ☐書腰文字 ☐封底文字 ☐欣賞作家
（可複選） ☐喜歡畫家 ☐價格合理 ☐題材有趣 ☐廣告印象深刻 ☐其他________

☞購買後☜

您滿意的部份：☐書名 ☐封面 ☐故事內容 ☐版面編排 ☐價格 ☐贈品
（可複選） ☐其他

不滿意的部份：☐書名 ☐封面 ☐故事內容 ☐版面編排 ☐價格 ☐贈品
（可複選） ☐其他

您對本書以及典藏閣的建議________________

____

____

✌未來您是否願意收到相關書訊？☐是 ☐否

✎感謝您寶貴的意見✎

印刷品

$3.5

請貼
3.5元
郵票

不思議信箱
FUSIGI POST

235 新北市中和區中山路二段366巷10號10樓

華文網出版集團　收

（典藏閣－不思議工作室）

1

什麼！我是征服世界的好苗子？

Novel
矛盾

Illust
薩那SANA.C